目　录

前记　至今我割舍不掉的胡同情 / 001

第一辑　古寺趣闻

昔日正阳门门洞儿内的两古庙 / 002

从契约中走出的崇效寺 / 009

王振与智化寺 / 017

长安街上的双塔寺 / 029

北海公园内的大西天与小西天 / 042

由二郎神庙说起 / 056

趣谈老北京的城隍庙之一——西城都城隍庙 / 066

趣谈老北京的城隍庙之二——两县城隍庙 / 075

趣谈老北京的城隍庙之三——江南城隍庙 / 085

索尼家庙今何处——保安寺的历史嬗变 / 091

大太监刘瑾与广通寺 / 102

第二辑　老街旧景

北京昌平平西府从无平西王 / 112

成贤街里的"皇家大学" / 118

积水潭·后门桥·镇水兽 / 133

闲话东苑·南内·皇史宬 / 144

砖塔胡同与万松老人塔 / 152

四川营　棉花地　大外廊营 / 160

第三辑　坊间故事

漫谈三月三日蟠桃宫 / 170

动物园里的故事 / 177

话说七月十五中元节 / 189

一座"贵气"十足的中医院 / 195

京城东南无宝塔——"乏塔"的传说 / 205

老北京歌谣中的风情画卷 / 213

正说北平大盗"燕子李三" / 229

第四辑　运河寻踪

通州大运河的如歌岁月 / 240

悠悠运河情，璀璨文化路 / 254

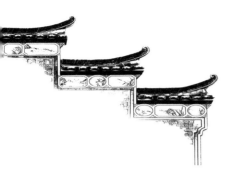

前记　至今我割舍不掉的胡同情

　　郭德纲在相声中说过，要看一个人是不是北京人，最简单的方法就是先把这人踢趴下了，然后再往嘴里灌一碗豆汁儿，要是喝完了一抹嘴，还问："有焦圈儿吗？"这一定是北京人。话说得虽然有些夸张，但北京人确实爱喝豆汁儿。除了豆汁儿，当然还有许多诱人流涎的好吃的，像卤煮、灌肠、炸酱面……那可都是北京人百吃不厌的！另外，还有很多东西都能让人想到北京，像天安门、故宫、天坛、北海公园、东单、西四、鼓楼等，这些地标式的好地方，可以说就是老北京的符号。可话又说回来了，离我这个"80后"最近的，还有种种，其中最能代表北京的可能算是胡同和四合院了。它们像人体内的血管一样遍布整个京城，胡同的四通八达与四合院中邻居们的温暖让北京城显得更有生命力。

　　我是土生土长的北京人，生在东城区大雅宝胡同，这个胡同最早又叫大哑巴胡同，后来大概嫌此名不雅，便改成大雅宝胡同。此胡同应该算是一条大胡同，平房林立，门挨门，户挨户，住的大都是普通老百姓。据说，也有名人在这里住过，如艾青，就住在该胡同东头的文联宿舍中。现在此胡同已不存在，而变成赫赫有名的金宝街。

我不说现在，只述从前。我是胡同中长大的孩子，对每一条胡同都有着特殊的情怀。胡同既是我每天出门要走的路，也是我或说是孩子们最大的游乐场，为什么呢？北京的胡同多如牛毛，虽有不少宽阔的大胡同，但多数还是狭窄不能通汽车的小胡同，在这些胡同中孩子可以尽情地追呀、跑呀、跳呀……另外，北京的胡同条条相连，尽管有为数不多的"死胡同"，但每条"死胡同"的路口都会贴心地写上"此巷不通"的牌子，只要不从"死胡同"进去，一准就都能串出来，因此胡同"探险"成了孩子们放学后最喜欢玩的一个游戏，而敢于串胡同也是北京孩子的标志之一。北京话中"串"与胡同是固定搭配，而不是"走"，一个简单的"串"字特别形象地描绘出了条条胡同相接的景象。

北京城的每条胡同都历史悠久，并且还都有着自己的故事，像大兴胡同，这条胡同是因大兴县衙就在此巷中，所以胡同以此得名；文丞相胡同，则是因胡同内建有文天祥祠而被命名的；禄米仓胡同是因为胡同内有明清两代的官家粮库禄米仓而得名；海运仓胡同则是因为胡同内建有存储海运而来的漕粮而得名……您看，这每一条胡同是不是都有历史，都有学问？遗憾的是，许多胡同被拆了或被合并了，然后又给这新改造的地方起个什么街、什么路的"雅"名。这一改，老北京人懵懂转向，找不着家了！幸亏前几年这股风被叫停了，这总算是把老北京城给"保"住了！

如今古城文化成为热门话题，胡同和四合院则是其必不可少的组成部分，但胡同和四合院对于我来说不仅仅是文化，更是生活，是我们这些北京普通人生活的场所，是世上最有烟火气的地方。胡同是邻居李爷爷晒"老阳儿"的地方；是隔壁王奶奶、张奶奶、徐奶奶摇蒲扇聊天的地方；还是孩子们跳皮筋、砍包、打羽毛球的地方。而四合院则是让人感受温暖的地方，俗话说，"远亲不如近邻"，这句话在四合院中被体现得淋漓尽致。邻居之间都是互相帮忙互相照顾的。谁家做饭临时缺调料了，一般都会先去邻居家要一点儿，或是谁家小孩没人照管，旁边的邻居也会帮忙照看一下。我小的时候就有过几次，晚饭时间都到了，父母还没有下班回家，这时隔壁的阿姨就会让我到她家里吃饭。像这种事情还有很多，每一个住过四合院的人都会深有体会，浓浓的人情味要比住楼房多了许多。随着城市的发展建设，不少胡同和四合院都被拆除，改成了高楼大厦，人们行色匆匆地穿梭在水泥丛林中，很少再能听到像"您吃了吗""您回来了"这种亲切的问候语，只有在去后海的时候，偶尔才又会听到看到曾经熟悉的场景……

作为新一代的北京青年，我爱喝豆汁儿，也爱喝可乐；爱吃炸酱面，也爱吃比萨；爱看京剧、曲艺，也爱听流行音乐，就像现在的新北京一样，兼收并蓄，传统又时尚。在这座国际化的大都市里，每个人的生活节奏都很快，人与人之间似乎也略显冷漠，但在我眼中这座古城依然是平和的、温暖的、热情的、好客的，这是因为真正的北京是在胡同里，在四合院中，所以我最爱写的题材也是胡同中最平凡的故事，发生在我们普通人身边的故事。有人问我："今后你还要写吗？你要写到什么时候？写作是很累的啊！"我理所当然地告诉对方："我当然还要写，只要有普通老百姓，有四合院，有胡同，有老北京人的情怀，我就要写下去，无穷无尽地写下去，累点，我也认了！"

张　田

2018年12月5日

第一辑

古寺趣闻

昔日正阳门门洞儿内的两古庙

　　站在昔日正阳门所在地张望，迤南是繁华的前门商业街，迤北是巍峨的天安门城楼。读者们可曾想到，三百多年前，古都北京正阳门的城门儿洞内还存在着两座寺庙：关帝庙和观音庙。要清楚地介绍这景观，还得从老北京的特色说起，俗话说："有名的胡同三千六，无名的胡同赛牛毛。"老北京不仅胡同多，寺庙也同样很多，虽然没有三千六，但鼎盛时期也多达千余座。尤以关帝庙、观音庙为冠，明清两代有关帝庙两三百座，而以供奉观世音菩萨为主的观音庙、大悲坛、紫竹林、白衣庵也不下百余座。

正阳门里的"关老爷"

　　只要提及面如重枣、丹凤眼、卧蚕眉、美髯飘飘，我们一定都会想到三国中的汉将关羽。他不仅以英勇善战著称，更是以忠、义而闻名。因为深受历代帝王的尊崇，所以他的封号也是越封越大，由宋朝的"义勇武安王"到元朝的"显灵义勇武安英济王"，再到明朝的"三界伏魔大帝"，最后到了清朝的最高封号"忠义神武灵佑仁勇威显护国保民精诚绥靖翊赞宣德关圣大帝"。而在民间，关羽不仅是忠义的化身，并且还是守护财产的武财神、降妖镇魔的大将军，因此百姓们对关羽更是崇拜有加，他们都亲切地尊称关羽为"关老爷"，而关帝庙则称为"关老爷庙"。儒、释、道三家都对关羽推崇备至，因此关羽成了唯一被三家认可的人物。

供奉关羽与观音的庙宇一般都离得比较远，而同时在一地方出现，在咱北京城绝无仅有，而这种情况在二百多年前的明朝正阳门中就已经出现。这两座庙宇在昔日正阳门的瓮城中一左一右，一立就是数百年。

明清两代雄踞在南北中轴线上的正阳门恢宏壮丽、蔚为大观，而居于其月城（瓮城）内西侧的关帝庙的名声更是响彻京师，虽然占地不足一亩却是香火旺盛，每当春、冬两季皇帝率文武百官祭神农、祭天回宫之时，必到此焚香祷告祈求关帝的护佑，因此在所有城门中这座关帝庙的规格最高。而真正使正阳门关帝庙名声大振的却是因为被众人传说在此庙求签最灵，这种说法不但口口相传，而且众多明清笔记小说也都有记载，清人杨静亭也留有这样的诗句："京中几万关夫子，难道前门许问签？"

庙内所供的关羽原为明天启年间宫中旧物，后因明熹宗恶其塑像矮小而弃于此地。这位"关老爷"因祸得福，尽享世间香火数百年。该庙除了供奉关羽、周仓、关平等十三尊神像，还供奉了一匹白马。凡读过《三国演义》的人都知道关公坐骑为赤兔马，那为何庙中不供奉红马而供奉一匹白马呢？这里有个故事。话说明成祖（朱棣）定都北京后，元朝后裔本雅失里，经常带兵进行骚扰挑起事端，民不聊生。明永乐八年（1410年），明成祖朱棣带兵五十万北上亲征，明军一路高奏凯歌，顺利到达斡难河，先击败本雅失里，后又大败阿鲁台，之后明军乘胜追击百余里，直追得敌军丢盔弃甲，大伤元气，这

就是史上著名的斡难河之战。在与阿鲁台交战之际，明朝将士见茫茫大漠雾霭之中，总有一位面如重枣、丹凤眼、卧蚕眉、五绺长髯、文武打扮、手提青龙偃月刀，胯下骑白马的神人为其开路。虽然此人骑的是一匹白马，但众将士还是把他当成了下凡的关羽。当明军凯旋时，闻听明成祖北上出征那日，有居民养白马一匹，早晨遛马迁到院中后，便不动不食，下午则气喘吁吁，晚间才略吃些饲料。这匹白马天天如此，直到御驾还朝才恢复正常。明成祖便断定此白马正是沙场上救了大军的"关羽"所骑之马，为了感念白马的救驾之功，就将白马也供奉在此关帝庙中。同时也为表彰关公护佑有功，传旨将崇祀关羽纳入《祀典》，四时朝拜。当然明眼人不难看出，这只是个传奇故事，是明朝御用文人为了歌颂朱棣而编出来的一则故事而已。

到了清朝，马上得天下的女真人对仁义勇武的关羽更是推崇备至，每代皇帝都对关公加封晋爵，对关公的祭祀也作为国家每年固定的"命祀"。在民间从农历五月初九开始，进香游客日益增多，庙内供奉的三口由打磨厂三元刀铺所铸的沉重的大刀要在此日进行磨刀致祭，五月十三日这一天，关帝庙最为热闹。京师谚曰："大旱不过五月十三。"因此，五月十三这一天往往多雨，而民间传五月十三乃是关羽过江单刀赴会之期，于是这一日的雨便成了天赐磨刀水。北京各关帝庙在这一日还有"进刀马"的活动，因此，这一日关帝庙附近游人络绎不绝。到了六月二十四日祭关帝的活动达到了高潮，鞭炮齐鸣如同过年。

正阳门的关帝庙有几绝，其一是庙内所立的由明焦太史（焦竑）所撰、大书法家董其昌所书的《正阳门关侯庙碑》的碑记，其二是刻在正阳门内由明朝文人王思任所撰、大书法家米万钟所书的《谒午门

关帝庙（首都图书馆提供）

关帝庙有纪》，其三是清文学家、史学家赵翼为关帝庙所题的对联：
"乃圣乃神乃武乃文，扶四百载承尧之运；自西自东自南自北，如
七十子服孔之心。"其四是庙内所供的清嘉庆十五年（1810年）由打
磨厂三元刀铺所铸的三口大刀，最大的长二丈，重四百斤，其余两口
一个重一百二十斤，另一个重八十斤。

正阳门里的观音大士

　　观音菩萨是阿弥陀佛的左胁侍，为西方三圣之一，又是四大菩萨

之一。他不仅相貌端庄慈祥，而且具有无量的智慧，民间流传着"家家弥陀佛，户户观世音"的俗谚。

位居月城内东侧的是一座观音庙，这座建于明崇祯年间的观音庙，同关帝庙面积相同，都只有七分二厘，红墙黄瓦，玲珑小巧。虽没有关帝庙那样声震京城，但也是香火旺盛。这座观音庙的由来极富喜剧色彩。明朝末年，朝廷风雨飘摇，清军铁骑步步紧逼，明军节节败退，此时明朝政坛上出现了一位文武双全的奇才——洪承畴。此人极受崇祯皇帝的倚重，似乎即将成为挽救大明江山又一颗耀眼的新星。朝廷派洪承畴为蓟辽总督力挽辽东颓势，孰料松锦一战清军大败明军，而后洪承畴以身殉国的消息很快传到北京。崇祯皇帝闻此消息，悲痛万分，辍朝三日，亲自致祭。为了纪念洪承畴的忠君爱国，崇祯皇帝特意下旨在正阳门月城关帝庙东侧为洪承畴建祠予以祭祀。但其后不久，崇祯皇帝得知洪承畴降清，一气之下把洪承畴祠改为了观音庙。

观音庙虽只有一层殿宇，但却是"五脏俱全"，东西配房、观音殿、娘娘殿一应俱全，直到1928年市政当局对北平寺庙进行调查时，发现此庙内仍有神像三十八尊。当时，京城百姓极其信奉观音大士，因此每到农历二月十九日、六月十九日、九月十九日，京城内外所有供奉观音大士的庙宇活动甚多。在众多的观音庙中，正阳门的观音庙香火要算极盛的，不仅百姓来此焚香祷告，就连高高在上的皇帝也常到此处，烧香拜佛祈求风调雨顺、国泰民安。

面对历史洪流的古庙

据《清实录》记载：德宗（光绪）皇帝长年亲临正阳门的关帝庙和观音庙，求神佛保佑国力昌盛。愿望虽美好，但现实很残酷。尽管光绪皇帝虔诚祷告，内忧外患却丝毫不减。庚子年间（1900年），八国联军进军北京，炮轰正阳门，直趋紫禁城，两庙中的关老爷和观

关帝庙复原照

音大士都没有能够驱邪斩祟，守护国门。侵略者们杀进北京，烧杀抢掠，无恶不作，京城百姓如同活在炼狱之内。1902年，当慈禧太后、光绪皇帝穿过彩纸所搭的正阳门城楼回紫禁城时，真不知他们心中有何感想，是悲大清之江山还是喜又能成功回銮？十年后，中华民国成立，百废待兴，时任内务总长兼北京市政督办的朱启钤主持治理正阳门一带的交通环境时，他首先拆除了正阳门的瓮城，其次又聘请德国建筑师罗斯凯格尔改建了箭楼，因为城墙的消失，瓮城内的两座庙宇总算见了"天日"。

风云变幻，百年兴衰，正阳门内的两座庙宇见证了明王朝的覆灭，清王朝的由盛而衰，民国的纷乱，中华人民共和国的崛起。当时间走到了1967年的时候，这两座庙宇也走到了自己生命的终点，作为正阳门建筑群组成部分的两座庙宇永久地消失了。如果还想寻找它们的痕迹，只能到正阳门箭楼下去看看那一对石狮，数百年前它们曾经守护了关帝庙，而今已转为正阳门箭楼的守护者。它们所见到的是改革开放后的北京正阳门及前门大街的沧桑变化，看到的是车如流水、游人如织、商贾云集、高楼林立的辉煌景象。

从契约中走出的崇效寺

几年前因工作需要，我参与了一批旧馆藏资料的整理工作，在众多的古籍、老地图、老照片中发现了一批从清初到民国为数不少，共计二百多张的契约。这批原始的契约在时光的荏苒中变得异常脆弱，老旧发黄的宣纸粘连在一起，即便是轻轻地翻动也会造成新的破损。因此，首都图书馆决定对这批契约采取抢救性的修复工作，将这二百多张契约一分为二，分别在琉璃厂的汲古阁和中国第一历史档案馆同时进行修复工作。不到一个月的时间，这二百多张契约就陆续修复完毕。这其中最让我感兴趣的是一套几乎历经了整个清朝时期有关崇效寺出租土地内容的契约。但是由于工作的调动，很快我就与这批曾经亲手整理的珍贵契约擦身而过了。

最近一个偶然机会，我得知这批珍贵的契约已转入首都图书馆的书库保存，并且还可以近距离地观看时，激动的心情难以言表。详观这套共计六十八张的崇效寺契约，除了大部分的土地租契，还有零星的借据、公单与典契，跨越了清初到清末二百余年。通过对相关资料的不断探究并结合契约的内容，我终于对这座曾环抱于千棵枣树之中的因盛产墨牡丹而享名的崇效寺有了更深入的了解。

崇效寺历史

崇效寺坐落于今西城区白纸坊地区的崇效胡同内，在这条小胡同里留下了不少慕名前来寻访的身影，但大多数的朋友都是乘兴而来败兴而归，因为在这条小巷里找不到曾有的古建痕迹，殊不知位于胡同中央的白纸坊小学就是崇效寺的"金身"所在之处。原来在20世纪70年代末，为了首都建设的需要，政府将寺院改为白纸坊小学和宣武区教师宿舍楼。

据《析津日记》载："（崇效寺建于）元至正初，以唐贞观元年所建佛寺旧址建寺，赐额崇效。明天顺间重修。嘉靖辛亥，掌丁字库内官监太监李朗于寺中央建藏经阁。有都人夏子开、高明、区大相二碑。阁东北有台，台后有僧塔三，环植枣树千株。以地僻，游人罕有至者。"

这段文字描述的正是明末清初时期崇效寺的概况，文中所提及的碑拓中，我有幸见过夏子开、区大相的碑拓。不仅如此，我还看到了明隆庆五年（1571年）和清雍正年间的碑拓各一张，尤其是雍正年间的那张拓片尤为珍贵，因为几乎有关崇效寺较为详细的史料性文献记载都是截止到康熙年间的，而这张传世的拓片和首都图书馆收藏的崇效寺契约的资料，却告诉了我一个更为详细、生动的崇效寺历史。崇效寺始建于唐贞观元年（627年），但到了宋末由于战事频繁，寺庙几乎毁于战火之中，直到元至正（元顺帝在位年号）初年才得以重葺，赐额崇效，明天顺年间重修。明嘉靖年间，由内官监太监袁福和本寺

白纸坊小学内新建的藏经阁

住持了空上人等共同募集资金重葺寺庙，使殿宇廊舍焕然一新。嘉靖三十年（1551年），掌管丁字库的内官太监李朗又捐金三百，治大藏经一部，水陆画像一堂，藏经殿一座，金碧辉煌。到了万历年间，崇效寺又经过一次大规模的修整，这次修葺是因为嘉靖辛亥年间（1551年）李朗所建的藏经殿因年久失修倾倒，加之堪舆家以为不利，所以决定重修。六个月后，在寺院的最后一进院落里新建了一座面阔五间，气势恢宏的新藏经阁和方丈室若干间，一座规模宏丽、规制森严的新崇效寺拔地而起。在此后的几百年中崇效寺繁华殆尽，唯留下这座建于万历年间的藏经阁独存于世，见证着历史的变迁。

清朝时期的崇效寺也历经几兴几废，康熙年间的崇效寺住持雪坞禅师不仅是一位通达佛理的名僧，而且还是一位学识深厚的雅僧，

新建藏经阁

他与当时的名士王渔洋、陈廷敬、田雯等都有着深厚的友谊。雪坞禅师为崇效寺穷尽一生。生于雍正五年（1727年）卒于乾隆五十四年（1789年）的宁一禅师也是一位大德高僧，在他住持崇效寺期间，重修殿宇再塑金身，整理荒地种植奇葩，加之禅师出于名门，熟读经典，诗画俱佳，使许多文人墨客慕名而来，而崇效寺也成为达官贵人、文人名士的必游之地，曾经破败不堪的寺庙焕发了新的青春，而禅师所绘的《驯鸡图》日后也成了镇寺一宝。光绪年间的住持妙慈禅师，殚精竭虑奉献了一生，也将崇效寺带入了一个兴盛的时期。

结合拓片与契约的内容，可以看到崇效寺占地广大，附属庙产的土地也很多。从清末到民国时期，虽然崇效寺逐渐走向衰微，但该寺培育的丁香、牡丹著称于世，尤以绿、墨牡丹名满京城。所以，每到牡丹盛开的季节，游人如织，赏花的游客在满足了自己踏青愿望的同时也为寺庙带来了不少的香火钱。

崇效寺牡丹（首都图书馆提供）

崇效寺藏经阁（首都图书馆提供）

崇效寺中曾发生的故事

清康熙四十八年（1709年），雪坞禅师坐化于寺内，世寿约六十岁。接替雪坞禅师住持工作的是他的同门师弟普惠禅师。普惠禅师在担任住持期间，兢兢业业，如履薄冰，唯恐有负师命和雪坞师兄的嘱托。但事与愿违，在他住持期间发生了一件"千古大案"。寺内曾有一名法号广生的僧人，在雪坞禅师住持期间因犯僧规而受到重罚。此人既贪婪又狡猾，雪坞禅师唯恐其日后贻害寺中，故将其恶行镂成铁券以防万一。雪坞禅师坐化不久，广生就串通了匪类诬告普惠禅师强占寺庙，普惠禅师受冤坐牢时，广生却潜回寺内销毁了铁券，打人砸庙无恶不作。清河硕存和尚听到这个消息后毅然出面营救，将此事原委告诉了内宫的李公公和宁公公，二位公公又将此事转告了景仁宫的和妃娘娘，经过调查后，普惠禅师不仅含冤得洗，而且康熙皇帝还封崇效寺永为护国佑民万年香火之地。在康熙五十七年（1718年），康熙皇帝还御赐了一尊大内造的檀香佛像。

另一个带有传奇色彩的故事发生在光绪年间。崇效寺有两件镇寺之宝，一件是智朴禅师所绘的《青松红杏图》，另一件就是上文所提到的宁一禅师所绘的《驯鸡图》。首先说一说这幅《青松红杏图》。画的作者是智朴禅师（雪坞禅师和普惠禅师的师父），俗姓张，字拙庵，生于明崇祯九年（1636年），自幼出家，他也是一位博古通今、诗画俱佳的儒僧，与当朝的名士高士奇、王士祯、朱彝尊等交好。他传世的这幅《青松红杏图》是一件不可多得的艺术瑰宝，不仅因为创作时间久远，更珍贵的是上面有许多名人的题字，从清初的王士禛、朱彝尊、宋牧仲、陈泽洲、查他山到清末的康有为、梁启超等人，历经了顺治、康熙、雍正、乾隆、嘉庆、道光、咸丰、同治、光绪、宣统十朝。《青松

崇效寺（首都图书馆提供）

红杏图》也由最初的二尺余长，续延到了三十余丈，卷起的长画如牛腰般粗。这幅图的艺术价值自然不言而喻。而宁一禅师所绘的《驯鸡图》也有一段小故事。在宁一禅师住持寺庙工作时，寺内养了一只漂亮的大公鸡，每天禅师讲佛法之时，这只大公鸡都会站在屋里一动不动地听法，师感动于佛法的强大，所以画《驯鸡图》以纪念。

在光绪年间这两张珍贵图画又引出了一个有趣的故事。光绪十八年（1892年）妙慈禅师刚来崇效寺住持事务不久，发现寺内前住持宁一大师所绘的《驯鸡图》丢失，妙慈禅师仅用二十多天就又将此镇寺宝卷收回，而寺内的牡丹好像也知道此事，久不开花的牡丹在此时却开得格外茂盛鲜艳，街头巷尾广传此事。后来光绪二十六年（1900

015

白纸坊小学内景

年），京城大乱，百姓惨遭荼毒，大街小巷满目疮痍。崇效寺也未能幸免，智朴禅师所绘的《青松红杏图》在战乱中丢失，从此妙慈禅师遍寻各地，最终在十年后得知此物为杨荫北所收，妙慈禅师与杨氏商量后欲用牡丹换回《青松红杏图》，没想到杨荫北很痛快地就送还给了妙慈禅师，杨氏的这一善举传为一段佳话。

这座历经千年风霜的古刹，除了藏经阁和两株楸树、一株古槐还保存至今，其余全部永远地消失了，镇寺之宝《青松红杏图》《驯鸡图》等名人字画也不知去向。宗教文化是北京古都文化中不可或缺的组成部分，而不断消亡的寺庙和老建筑，也都是现代化过程中不可磨灭的痛。保护古都文化是一件刻不容缓的头等大事，但愿挖掘机挖得慢一些，古都风貌恢复得快一些。

王振与智化寺

在东城区朝阳门附近有一条禄米仓胡同，在它的东口有一座寺庙——智化寺。这座建筑物在年幼的我眼中，既熟悉又陌生，说熟悉是因为每日上学、下学都要路经此地；说陌生是因为它永远都关着那两扇朱红色的庙门。庙门口除了那对尽忠职守的石狮，几乎从没见人出入过。如果不是山门前那块1961年立的"全国重点文物保护单位——智化寺"的石碑，恐怕我永远都不知道那是什么地方。但一次特殊的机缘却让我有幸一睹它的芳容，在我三四年级的时候，老师有一天突然宣布要带大家去参观智化寺，这个令我们心驰神往的地方，终于要揭开它神秘的面纱了。

一路上我们欢呼雀跃，到了庙门前，只见那两扇紧闭的大门徐徐打开，一座宏伟壮观却有些破败的大殿就这样突兀地展现在眼前。不记得当时是什么样的心情，可能有些失望，因为我一直认为里面会有个像神话一样虚无缥缈的世界。这里只有一座院落套着一座院落，一座大殿接一座大殿。至于当时具体看到了什么，老师讲了什么，我现在基本记不清了，只依稀记得我们上了一座阁楼，阁楼里很黑，四处布满了灰尘，楼梯又窄又陡，只能一人通行而入。到了二楼，看到墙上有许多小木格子，每个格子里都有一尊小佛，周围好像还雕着鸟和仙女等图案。室内光线很暗，阳光透过窗棂打在高大佛像的脸上、身上，形成了点点斑驳的光圈，显得更加古朴沧桑。

不想多年以后，由于工作的需要，我翻看了一些有关智化寺的文献，才知道它的历史、建筑风格和音乐，才知道它在北京乃至全国都享有盛名。

大太监与他的家庙

智化寺建于明英宗正统九年（1444年），是大太监王振的家庙。宦官作为封建社会中畸形的产物，在中国历史上延续了千年之久，而明朝的宦官之祸更超过历代，它几乎毁掉了明朝基业，而王振便是其始作俑者。明史上说宦官专权"始于王振，卒于魏忠贤"。王振是在宣德年间入宫做事，此人不仅能识文断字，而且处事圆滑机警，不久便选入东宫侍奉太子朱祁镇（明英宗）。明英宗九岁即位，王振凭借自己的聪明能干与服侍太子多年的深厚感情，一跃成为十二监之首——司礼监掌印大太监。得势后的王振因忌惮太皇太后张氏与内阁大臣杨士奇、杨荣、杨溥，并未敢明目张胆地干预朝政，表面上对皇帝和朝廷的未来鞠躬尽瘁，但私下却大量培植亲信和党羽。随着太皇太后的去世和三杨陆续隐退，王振在朝廷上最后的障碍被清除了。明英宗变得越来越依赖王振，甚至已经到了言听计从的地步。这导致只要不依附王振的朝臣不是被贬就是被处以极刑，余下的王公大臣也都不敢违背他的意愿，满朝皆以"翁父"呼之，就连英宗也称他为"王先生"。大权在握的王振胆子越来越大，不仅对大臣们随便处置，甚至连明太祖挂在宫门上"内臣不得干预政事，预者斩"的铁牌也敢私

智化殿秋

自摘下来。

正统八年（1443年），王振在皇城附近大兴土木建造住宅，第二年又在所建住宅之右建智化寺。建成后的智化寺规模宏大壮丽甲京城，其主要的建筑物有智化门、钟鼓楼、智化殿、转轮藏、如来殿、大悲堂等。其中转轮藏与如来殿的雕刻最为精美，转轮藏中的藏柜上雕有金翅大鹏鸟、龙女、神人、狮兽等花纹，而如来殿的上下楼层的墙壁内镶满了佛龛，佛龛里面又雕刻了九千余尊小佛，因此如来殿又称万佛阁。这些佛像、人物、动物、纹饰等形象都雕得栩栩如生，真可称得上是雕刻艺术中的瑰宝。五百多年后，与我相遇并留下深刻记忆的雕像就是这两个殿中的雕像，虽数经劫难但却光彩依旧。王振也

对自家家庙盖得如此精美气派感到高兴，还亲自撰写了智化寺的碑记以示祝贺。此时权势熏天的"王先生"，已是一副"顺者昌，逆者亡"的样子，翰林侍讲刘球因上疏直谏得罪了王振，竟被肢解而亡。时任山西巡抚的于谦因来京没给王振送礼，也险些被迫害致死，后虽被众大臣保命但也被贬为大理寺少卿。文武百官对他敢怒不敢言，英宗却是越发不能一日不见"王先生"。王振对内一手遮天，对外勾结瓦剌，当时他与瓦剌进行走私交易并从中获取暴利。正因如此，他为明朝动荡的未来，埋下了祸患的种子。

正统十四年（1449年）七月，瓦剌大举进犯明朝领地。王振不顾众臣的反对，煽动英宗御驾亲征。好大喜功的英宗与王振一拍即合，在七月十六日率领临时凑成的五十万大军和一百多名文武官员浩浩荡荡出了京城。行至山西大同时，突闻前线惨败，王振才慌忙带着英宗向北京撤军。途中，王振想到要在老家蔚州显示一下自己的威风，硬是拉着英宗改道由紫荆关（今河北易县西北）入京，好不容易快走到老家蔚州（今河北蔚县）时，他又怕部队踩坏了家乡的良田，忙下令让军队转道宣府（今河北宣化），由居庸关回京。如此绕来绕去地"前进"，不仅使众多战士因缺粮少食而饿死途中，更为严重的是拖延了军队前行的速度，最终大军被瓦剌追兵赶上。负责断后的明军在鹞儿领（今河北宣化县附近）被全部歼灭。八月十四日，明军退至土木堡（今河北怀来县），王振只因有一千余辆的辎重车辆未到，竟下令在这个既无水源又四面环敌的高岗安营扎寨。第二日，瓦剌的军队将土木堡包围，也先（瓦剌部落太师）派使诈和，英宗中计，被敌军一通追杀，一时间人仰马翻，哀鸿遍野，数十万明军的鲜血染红了苍茫大地，几十位文武官员也英勇就义，英宗一看大势已去，干脆席地而坐等待被俘。王振的一意孤行早就触怒了众人，混乱之中护卫将军樊忠怒不可遏，一锤打死了这个险些断送大明江山的奸佞小人。英宗被俘的消息传到京城后，举朝震动，在兵部侍郎于谦与吏部尚书王直等人的拥立下，英宗的胞弟朱祁钰即位，史称明景帝，年号景泰。瓦刺虽掳走了英宗又掠走了大量的物资，但仍不打算罢休，他们看到京师防守空虚，于是企图攻占北京。于谦等大臣临危不乱，终于在于谦的严密部署、积极备战下，仅一个多月的时间就将瓦刺从德胜门外打回塞外，解了京师被困之围。这一著名的"京师保卫战"，使兵部尚书于谦名留青史。王振虽死，但其朋党仍把持朝政，那些备受凌辱的大臣要求严惩祸国殃民、擅权误国的大太监王振，朱祁钰下令诛杀其家属和亲信，籍没他的家产，智化寺也因此充公。朝廷还将王振住宅改为京卫武学，今智化寺附近的武学胡同就由此而来。王振专权七年里疯狂敛财，从他家中抄出"金银六十库，玉盘百，珊瑚高六七尺者二十余株，其他珍玩无算"。

瓦刺本以为掳走了英宗就可以狠敲大明一笔，但万万没想到明朝又立了个新皇帝，眼见着手中的旧皇帝不但没了用而且白吃白喝成了累赘，瓦刺乘着与明朝议和之际赶忙把英宗归还给了明朝。英宗还朝后，景帝下令将其奉为太上皇并软禁于南宫赡养。明景泰八年（1457年），景帝朱祁钰病重，提督石亨与宦官曹吉祥等人带兵冲进南宫，迎太上皇还位于朝，这就是明史上著名的"夺门之变"。复辟成功后的英宗，杀了一大批原景帝的心腹，就连于谦也被残忍地杀害了，京师百姓为了感念于谦的忠孝仁勇、铁面无私，奉其为"城隍爷"，希

如来殿内景

望他在天之灵能保佑京城　方安全。昏聩无能的英宗虽因此险命丧"王先生"之手，但对其仍念念不忘，时刻都想着要为他讨回"公道"。还朝不久，便下令将王振流放在辽宁铁岭的家属全部召回京城，其次对弹劾过王振的大臣进行追责，最后用香木刻成其形在智化寺进行招魂安葬，并在寺北面为其建立祠堂，并敕赐祠额"旌忠"。

　　英宗对于王振的喜爱简直超出常人的理解，广东右参政罗绮只因听说英宗仍宠信宦官，要为王振招魂，不屑地说了一句："朝廷失政，致吾辈降黜。"就判以全家连坐，籍其家产。天顺三年（1459年），智化寺住持然胜奏报朝廷，希望赐王振"实万世旌忠"的谥

022

号。天顺六年（1462年），由于原所赐的经文与敕谕已于正统十四年（1449年）失佚，智化寺住持又上奏："乞仍盼赐以慰振于冥漠。"所以现智化寺如来殿所藏的《大藏经》正是天顺六年（1462年）明英宗所赐。在英宗大张旗鼓地旌表下，王振的"高大"形象再一次鲜活起来，其后朝的汪直、刘瑾也将王振奉若神明，不断地修缮扩充智化寺，作为王振家庙的智化寺也又一次兴旺起来。直到清乾隆七年（1742年），御史沈廷芳路过智化寺，见其内香火鼎盛，人山人海，便上奏朝廷："王振逆阉篡权误国，罪不容诛，英宗为其所立祠庙和李贤所撰颂德碑应毁。"乾隆八年（1743年），奉旨，毁像及碑。智化寺也因此又一次地没落下去。在清咸丰时期的笔记《天咫偶闻》中有这样一段记载："智化寺，在禄米仓胡同，为明王振舍宅所建，极宏丽。今已半颓矣，殿宇极多，像塑尚出明代，西殿为转轮藏，别无佛像，亦它寺所无，万佛阁规模巨丽，碑述振事极详，盖振自宣德时入宫用事，宜宣宗之末三杨不能制之矣，旧有振祠今毁。"从清末到民国，中华大地历经战火，许多寺庙因难以支撑相继消亡，智化寺也不例外，仅靠出租变卖房屋来维系生存。民国时期虽也对智化寺做过抢救性修缮，但其规模终不能再与全盛时期相提并论。

智化寺的建筑艺术

再说说智化寺的建筑风格，智化寺是目前京城内保存最完整的明代木结构建筑群之一。木结构用通俗的话来说，就是整个寺庙建

第一辑 古寺趣闻

筑全部由木头构件搭建而成，而不用一根钉子。这组建筑距今已五百多年，但仍基本保持完好。寺内的歇山式建筑风格、梁架、斗拱、彩画、经橱、佛像、雕刻等都完好地保留了明代建筑的特征。殿内所奉佛像极多，据1936年寺庙调查，庙内有泥质佛像七十九尊、木质佛像六十七尊、铜质佛像三十八尊，件件都是造像艺术中的珍品。最值得让人骄傲与叹息的就是寺内的藻井，藻井是中国古代建筑独有的一种技艺，为正堂顶棚上一种特殊装饰，仅出现在宫殿、寺庙等庄严的地方。智化寺内共有三处藻井，分别在藏殿、智化殿和万佛阁，尤以万佛阁中的藻井最为精美。藻井分为上、中、下三层，上层井口为圆形，顶部中央有一条向下俯视的团龙，中层井口为八角形，四周分别雕刻八条云龙，团团将顶中央的巨龙围拢，下层井口为正方形，每斗之间刻有法轮、宝瓶、海螺、宝伞、双鱼、宝花、吉祥结、万胜幢佛八宝，每层井口内均有卷云莲瓣浮雕。藻井造型独特，雕法遒劲有力，形象逼真，是难得的艺术精品。可惜民国时期，智化寺已穷到无法维持生计的地步，连寺内古柏都被人偷去卖掉做了人家的棺材。住持普远听信古董盗卖贩子的谎话，将两座造型精美的藻井盗卖给美国人。现今，智化殿的藻井藏于美国费城艺术博物馆，万佛阁的藻井藏于美国纳尔逊博物馆，而智化寺只能用它们的照片补在原来的位置之上，看着实在让人心痛。不知还要等多久，它们才能回到祖国母亲的怀抱。

智化寺的音乐

最后说说智化寺的音乐。智化寺除了建筑、佛像、雕刻独具特色，它的音乐也是"国宝"级的活化石。王振将宫廷音乐移入家庙内，由该寺师徒相承，一直延续了五百多年，到现在已传到第二十八代传人。智化寺的京音乐是以笙管、云锣为主的音乐，它将宫廷音乐、佛教音乐、民间音乐融合一起，既保留了唐宋遗韵又有自身的

京音乐

藏殿内藻井

京音乐的乐谱

特色。它的曲调古朴、典雅、庄重、空灵，是我国现有古乐中唯一按代传袭的乐种。随着时间的推移与智化寺的衰败，京音乐也曾一度走向灭亡，学此技艺者不过寥寥数人。20世纪50年代初，在政府的努力下，从智化寺、水月庵、成寿寺等寺院和查阜西、杨荫浏两位先生手中收集了大量宝贵资料，整理出版了一套北京智化寺音乐的腔谱，为京音乐的传承起了重要的作用。它与西安城隍庙鼓乐、开封大相国寺音乐、山西五台山青黄庙音乐及福建泉州南音，并称中国"五大古乐"。

智化寺随着王振的成败，起起浮浮历经沧桑，它经历过香火鼎盛、如日中天的景象，也经历过民不聊生、文物被盗、寺庙颓废的惨景。当下幸得政府的大力扶持与保护，对它进行重新修缮，从而使它漂亮的建筑风格、特有的音乐曲调、精美的佛像及雕刻艺术得以起死复生。幸哉！智化古寺！

长安街上的双塔寺

　　1949年，当北平成为中华人民共和国的首都后，旧城改造成为众人关注的焦点，尤其是天安门前的这条长安街，每年国庆都有几十万人民群众会集于此，举办庆祝活动，但位于长安街上的长安左门和长安右门妨碍了游行队伍，因此许多人提出将长安左、右门拆除，并对长安街进行改造。当时，苏联专家提出了利用东交民巷操场空地并沿长安街建设行政办公楼的建议，建议刚一提出，就遭到了我国著名的建筑家梁思成与陈占祥的反对，他们认为这样将增大长安街地区人口的密度，造成交通拥挤等诸多问题，并向政府提交了长达2.5万字的解决方案，但"梁陈方案"未被采纳，快拆、全拆成了最终的指导思想。就这样，长安街的改造工程，打响了旧城改造的第一炮。

　　1952年，位于长安街上的长安左门和长安右门被拆。1954年，东四牌楼和西四牌楼被拆，同年在拓宽西长安街时，双塔和庆寿寺也面临被拆。梁思成先生听到这个消息后，当场就晕了过去，因为在这次改造过程中，北京古都建筑精华不断被拆，这一次又轮到了双塔庆寿寺。双塔庆寿寺不仅建造时间久远，而且它还是一座能代表北京城悠久历史的地标性建筑物。古朴的寺庙、玲珑秀丽的双塔曾是西长安街上最美的一道风景线，经典传统京剧《四进士》中毛朋、田伦、顾读、刘题四进士曾在双塔寺前盟誓：出京为官后要谨遵海瑞老恩师的教诲，不徇私枉法、贪污受贿。但四人出京后不久，却发生了一起惊

心动魄的连坏案。可见双塔寺在北京的影响。这座美丽的双塔寺理应保留下来，但却遭到了交通工程师们的反对。为了不影响交通，梁先生又提议将其保留改建为街心环岛，这样不仅不阻碍交通还美化了周边环境，但依然遭到强烈的抵制。1955年4月，在梁先生无数次奔走呼告声中，这座珍贵的双塔庆寿寺还是永远地从北京城消失了。虽然双塔寺消失了，但它的故事并没有消失，下面我就来讲讲它的历史与故事。

大庆寿寺内无双塔

双塔寺，正名大庆寿寺，因寺内西侧立有二塔，故俗称"双塔寺"。寺因双塔而闻名京城，但初建寺时并无双塔，这到底是怎么回事呢？

大庆寿寺建于金大定二年（1162年），是金世宗完颜雍入主燕京（今北京）时敕建的皇家寺庙之一。寺庙规模宏大，名僧辈出，开山禅师是金世宗特别诏请的当时金国禅宗大师玄冥颛公。寺庙落成后，金世宗命皇子燕王到此降香祈福，并赐予寺内大量的钱财与沃田。大庆寿寺也因其纯正的"皇家血统"，成为金中都城北的著名大寺。寺内遍植松柏，虬枝傲骨，翠叶葱茏，其间还建有水池，池上架有两座桥沟通西东，流水淙淙，真是美不胜收。金世宗过世后，其孙完颜璟（金章宗）继位，金章宗因爱此寺幽静闲适，经常与其母到此参禅礼佛，寺内的"飞渡桥"和"飞虹桥"的六个大字就出于金章宗之手。

金章宗酷爱汉文化，不仅写诗作赋，还爱好绘画和书法。石桥上这几个龙飞凤舞、遒劲有力的大字，堪称书法艺术中的一大精品，但明嘉靖十四年（1535年）的一场大火，把石刻烧得灰飞烟灭。除此之外，寺内还藏有一宝，那就是有着金朝第一文学家、书法家之称的党怀英所写的大庆寿寺石碑，这块八分书的碑刻在后来所藏的历代碑刻中最为精妙，但在明正统年间被太监所毁。

双塔的由来

海云禅师，生于金泰和二年（1202年）十二月十五日，卒于蒙古宪宗七年（1257年）四月初四，世寿五十五岁，是大庆寿寺历代禅师中最有声望的一位，也是双塔中的第一位主人。

禅师俗姓宋，法名印简，号海云，是山西岚谷宁远（今山西岚县）人。禅师一生颇为传奇，历经了金末元初，历事金、元两朝的多位皇帝，最终成为燕京地区的佛门高僧。海云禅师自小就聪慧过人，七岁跟随其父学习《孝经》，刚学到开宗明义章，他就问父亲"开者何宗，明者何义"，其父乃惊，知其非尘凡之人，便将他送到中观沼公那里学习。金崇庆元年（1212年），海云十岁，受卫绍王的恩赐纳具足戒，金贞祐三年（1215年），他随老师一同前往岚州（今山西岚州）广惠寺，此时尚未成年的他已经可以升座为信众讲经，传为一时奇闻，金宣宗听闻后遣使赐其"通玄广惠大师"之号。禅师十三岁时，蒙古骑兵破宁远城，禅师因坚决不肯向成吉思汗施叩拜大礼，而

得到了成吉思汗的青睐。金贞祐五年（1217年），蒙古骑兵又攻打岚州，城内百姓四处逃窜，寺内只剩下海云禅师独自照顾病中的老师沼公，沼公让海云逃命，但海云禅师坚决不走，他说："因果无差，死生有命。我怎么能离开老师自己苟活呢！"城破海云被俘，成吉思汗听说海云被擒后特意遣使告诉木华黎太师："存济无令欺辱。"并问候："小长老好。"于是天下皆以"小长老"称之。师徒献安民之策，受到蒙古人的欢迎。太师分别赐海云及沼公"寂照英悟大师"和"慈云正觉大禅师"称号。由此成为海云禅师受到蒙古贵族推崇的开始。

中观沼公圆寂后，海云禅师前往燕赵多个僧院参学，后听闻燕京大庆寿寺的中和璋禅师高德，就到大庆寿寺来拜见中和璋禅师。说来也巧，中和璋禅师前一晚恰好梦见有僧人来拜见，于是就与海云禅师机辩了一番。中和璋禅师见海云禅师悟性极高便让其掌管书记一职，一年后传其衣钵，成为临济宗一代高僧。海云禅师做了大庆寿寺住持后，接触了不少在燕京的蒙古贵族，禅师利用自己的地位与声望，向他们大力宣扬佛法，并结合儒家思想，向蒙古帝国的统治阶级提出了"仁恕为心""国以民为本"的治国理念。禅师以高深的佛法和仁者之心，受到大批蒙古贵族的追捧，尤其是元太祖（成吉思汗）、元太宗（窝阔台）、元定宗（贵由）、元宪宗（蒙哥）、元世祖（忽必烈）这五代君王对他都崇敬有加，顾遇隆渥，无出其右。元太祖的二皇后对海云禅师特别礼敬，封禅师为光天镇国大士。1247年，元定宗命海云禅师统领僧众，并赐白金万两。1251年，元宪宗即位，授其银章，复命其掌管全国宗教事务。在这几位皇帝中要数元世祖忽必烈与

双塔寺（首都图书馆提供）

海云禅师的渊源最深。当忽必烈还是王子时，禅师就已经对他说法了。除此之外，禅师还经常以孔孟之学为万世帝王之道来劝导他要对人民施以仁政，因此忽必烈对禅师也是相当地敬重，甚至将燕京的普济禅院改名为海云禅寺。1242年，忽必烈遣使召海云禅师到漠北讲授佛法，在北上的途中禅师听闻有一个叫子聪的僧人博学多才，天文、地理、阴阳、历律无所不精，故邀其同行到漠北，忽必烈因欣赏子聪的才学，将他留在身边共商国是，这位子聪僧人就是后来元世祖的重臣之一，也是元大都的设计者刘秉忠，为海云禅师的再传弟子。

1257年农历四月初四，海云禅师于华严寺圆寂，世寿五十六岁。忽必烈下旨，赐海云禅师谥号为"佛日圆明大宗师"，并在大庆寿寺西侧建九级密檐式灵塔一座，宝塔雄伟壮观，直冲云霄。除这座灵塔外，陕西、河南等地还建有禅师灵塔七座。禅师一生为弘扬佛法殚精竭虑，同时也为元朝的汉化统治做出了极大贡献。

寺内第二座灵塔为可庵朗公灵塔。海云禅师一生为元朝统治者所尊崇，学徒数万，但得法者仅十四人，其中以可庵朗和赜庵儇朗两位弟子最为得意。可庵朗禅师，法名智朗，尊称朗公，也是一位大德高僧，其弟子有荜庵满和太傅刘文贞公，刘文贞就是刘秉忠。刘秉忠在元初政坛上可算得上是一位举足轻重的大人物，他与元世祖忽必烈亦师亦友，忽必烈对他言听计从，宠爱有加。他不仅为元朝的治国安邦献计献策，还经常劝诫忽必烈不要滥杀无辜，对人民要施以仁政。这种仁者爱人的思想与海云禅师、可庵朗禅师一脉相承。可庵朗禅师继为大庆寿寺住持，其圆寂后，元朝政府又为他建了一座七级密檐式灵塔，塔额曰"佛日圆照大禅师可庵之灵塔"。

元至元四年（1267年），在修建元大都时，海云禅师与其徒可庵朗禅师的灵塔正挡在新建的南城墙的要冲之上，为了避免拆塔，忽必烈下旨：（南城墙）远三十步许，环而筑之。这就是为什么元大都的南北略呈长方形，而南城墙西段却拐了个弯的原因了。

历史上的双塔寺

庆寿双塔寺从建到拆，历经近八百年，在这近八百年的历史长河中曾几度兴衰。

金元两朝，是大庆寿寺最辉煌的时期，不仅寺庙规模宏大，而且名僧辈出，像玄冥颐、中和璋、海云简、可庵朗、苹庵满、颐庵偁朗、西云安、北溪延、鲁行兴、秋亭亨公等高僧都曾住锡于此。尤其是在元朝，皇帝一般都尊崇藏传佛教而抑贬禅宗，但海云禅师仅凭一己之力，就重振了北方临济禅宗，因此元朝统治者对海云禅师特别推崇，甚至封他为国师。他住锡的大庆寿寺也成为燕京地区临济宗的传播中心。海云禅师法孙西云安禅师深得其师祖精髓，受到了元成宗、元武宗、元仁宗三代君王的器重。尤其是元武宗特别尊崇西云安禅师，不仅封西云安禅师为荣禄大夫、大司空，领临济一宗事，还赐"临济正宗"玉章一枚，并赐"佛光慈照明极净慧大禅师"号。元武宗还曾多次前往大庆寿寺参佛，并赐金、玉佛像，经卷及其他珍玩于寺内。由于有元朝历代皇帝的支持，京都大庆寿寺俨然成了"禅宗第一刹"。大庆寿寺作为元代的皇家重要参拜寺院，一直发挥着重要作

电报大楼西边即原双塔寺位置

用，元宪宗和元世祖忽必烈曾将这里作为管理蒙古国佛教事务的中心机构，海云禅师与僧机禅师均特诏居住于此办理事务。元世祖的皇太子真金是海云禅师的弟子，出生时由禅师摩顶立名，太子长大后为报师恩将禅师所居大庆寿寺重饰一新，并将这里作为皇太子的功德院。后元文宗也将大庆寿寺赐给皇太子作为功德院，并把皇太子真容像供奉在寺内的东鹿顶殿内进行祭祀。

到了明朝，大庆寿寺慢慢变成了庆寿寺，可能是因为战乱的原因，此时的庆寿寺规模已不能与元朝相提并论了。规模虽然小了很多，但名气仍然很大，那是因为这里住着明成祖朱棣的重要谋师——姚广孝。他曾被朱棣赞为"论功第一人"，虽为僧人但他精通儒、释、道三家学说，同时还是优秀的军事家和政治家。朱棣在他帮助下成功夺取了天下，因此非常敬重他，从不直呼其名而以少师代之。朱棣论功行赏众功臣时，命其还俗，他坚决不从，又赐其府邸及宫人仍拒而不受。他深知朱棣其人的危险性，因此处处低调，淡泊名利，所以才能得以寿终。明永乐十六年（1418年），姚广孝由南京回到北京后，仍居住在曾住持过的庆寿寺内过着"冠带入朝，退仍缁衣"半官半僧的生活，但不久禅师就得了重病，朱棣多次亲往庆寿寺内探视，后姚广孝逝于寺内，终年八十四岁，为纪念他，庆寿寺内还设立了少师影堂，供奉其画像和遗物。这里还有个小故事，说的是姚广孝在庆寿寺内当住持时，每晚都与曾居住在这里的刘秉忠的鬼魂聊天，这两位"官和尚"因身份相同，境遇相似，所以特别投缘，故而刘秉忠将自己辅佐元世祖忽必烈的所有才能都教给了姚广孝，因此姚广孝才有了上知天文下晓地理的通天本事。当然，这仅仅是传说，是艺术创作

而非事实。

明正统年间，大太监王振听说城西的庆寿寺已经破烂不堪，便向明英宗提议重修，英宗对王振一向言听计从，立刻下旨让有着"蒯鲁班"之称的蒯祥亲自指挥修缮工作，斥巨资并令数万百姓共同劳作，在八个月的时间内建成了这座"宏丽冠京都数寺"的大庙。寺庙建成后，明英宗多次游幸，赐号"第一丛林"，改寺名为大兴隆寺，并将专管佛教事务的僧录司迁入其内。这座大兴隆寺虽修得穷极壮丽，但却苦了服役的百姓们，当时京城流传这样一首歌谣："竭民之膏劳民之髓，不得遮风不得避雨。"

明嘉靖十四年（1535年），一场大火将大兴隆寺烧得片甲不留，尊崇道教的嘉靖皇帝下旨，永不复建此寺，遣散寺内僧众，并将寺内所供奉的姚广孝的牌位迁至崇国寺内，改僧录司于大隆善寺。所幸的是，寺庙虽被毁了，但双塔却奇迹般地保留下来。嘉靖十五年（1536年），在寺庙原址上建起了军队操练及演马射箭的场所，后又改为演象所。

清乾隆二十五年（1760年），史学家王鸣盛曾到大庆寿寺原址去寻找遗迹，只发现了原寺内的几根屋椽和一块已部分没入土中的石碑，由此可见此地只存双塔寺地名而无寺庙。据《日下旧闻考》载，乾隆二十九年（1764年），重修双塔庆寿寺，建好后的寺庙不过是"殿庑数楹"。

1953年拆寺的前夕，双塔寺仅剩双塔和一个小院。在时间的流转中，曾经的京都第一巨刹庆寿寺，只留下了名字和双塔，其余的都不见了踪迹。

海云禅师遗迹寻踪

作为影响过金元之际佛教发展的一代宗师海云和尚，虽已圆寂八百余年，但他的身影并没有随着大庆寿寺的拆除而消失，在北京这块他曾生活了多年的地方仍留有多处他的遗迹。1955年拆除双塔寺时，也打开了尘封数百年的两座禅师灵塔。可庵禅师灵塔内并没有发现任何遗物，而海云禅师灵塔内遗物颇丰，内有存放海云禅师佛骨舍利的石棺、罗汉床、龟趺座的碑形小墓志铭、小供桌、钧窑瓷香炉、木质须弥座瓜式涂金小瓶、骨灰匣、棉质僧帽、丝质品等，这些文物在整理后均收入了首都博物馆。随着新首博的开放，这些从未与世人谋面的珍贵文物也陆续地出现在大家眼前，特别是在古代佛像艺术精品展中，还展出了一尊元代所塑的海云禅师像。只见一位身着红色僧袍，手持佛珠，大耳垂肩，慈眉善目，面露微笑的胖和尚结跏趺端坐。这尊活灵活现的禅师塑像，可能是大师唯一存世的影像，元代匠人们用高超的手法将大师生动、形象地还原出来，这可是一件不可多得的艺术精品。

另外，原立于寺内海云禅师灵塔旁的《大蒙古国燕京大庆寿寺西堂海云大禅师碑》，几经周折现已移至法源寺内，我在2014年的时候还特意到法源寺内观碑，但不巧的是存放石碑的第一进院落正在修缮，而海云禅师道行碑也裹着厚厚的塑料布进行保护。

双塔庆寿寺被拆不得不说是一件让人非常遗憾的事，但在京西

海云禅师碑

潭柘寺塔林内，还能找到另一座海云禅师塔。此塔为七层密檐式六面实心砖塔，玲珑秀美，塔额上刻有"佛日圆明海云大宗师之灵塔"，塔身还雕有券门和棂窗，在券门之上还有飞天等装饰浮雕，生动、优美、令人赞叹。双塔寺虽拆，所幸此塔尚保存完好，为没能亲眼见过双塔的人们稍解遗憾。

海云禅师塑像

北海公园内的大西天与小西天

　　北海公园的北岸有许多知名景点，像静心斋、九龙壁、快雪堂、阐福寺、五龙亭等，但除了这些景观，北岸还有两组非常重要的佛寺，一处是"大西天"，另一处是"小西天"，这两座寺庙一东一西不远相望。

西天梵境

　　北海公园北门正对着北京最美的后花园——什刹海，因此这个门也就成了游人出入最多的大门之一。就在离这个门不远的北京市文物研究所里，人们总能看到一座保存完好、高大雄伟的琉璃阁。这座琉璃阁其实就是北海公园内大西天景观中的一处建筑，但因历史原因，它现身处于文物机构之内，因此很少有人看过它的全貌，了解它的历史。我通过查阅历史文献，对它及它所在的大西天的前世今生有了一定了解，下面我就来讲讲它和它们的故事。大西天位于静心斋的西侧，是北海现存规模最大、保存较完整的一处庙宇。它始建于明朝，曾是明朝翻译和印刷佛经的场所，称为西天禅林喇嘛庙，后被荒废，清乾隆时期重新修缮扩建。建好后的大西天经场改称为"西天梵境"，这组建筑由南向北，占地一万一千三百一十平方米，非常宏伟

大西天（西天梵境）山门

壮观。

　　立于太液池北岸前的"华藏界"琉璃牌坊就是大西天建筑群的南向开始，这座高约十三米、面阔约二十五米的四柱七楼式的彩色琉璃牌坊高大而精美，在阳光的照射下发出金属般的光泽，其南额为"华藏界"，北额为"须弥春"，意为人们将要从这里进入庄严的"佛土"。仔细观看这座琉璃牌坊，竟发现与国子监内的琉璃牌坊十分相像，通过查阅文献才知道，原来国子监内的琉璃牌坊就是按照大西天琉璃牌坊仿制的，连牌坊的尺寸也基本相同。

　　走过牌坊拾级而上，就来到了大西天的山门前，它由三座单独券门组成，中间大，两边略小，黄绿琉璃瓦覆顶，中间券门上挂着"西天梵境"的金字匾额，下面则是整块汉白玉雕成的二龙戏珠的丹陛。这些石

华藏界牌坊

雕雕工细腻、栩栩如生，是石刻艺术中不可多得的珍品。红色山门中间也砌有龙纹的琉璃花墙，还未进寺，皇家的福贵威严已经从这些纹样中显示出来。民国时，徐世昌曾出资修葺了山门与天王殿，他将山门匾改为"天王门"，因此很长一段时间大西天又被泛称为天王殿。

进入第一进院后，首先映入眼帘的就是天王殿，殿内供奉着弥勒佛、四大天王和韦驮菩萨，尤其是四大天王这个名称，对于看着《西游记》长大的"80后"们来说，印象是格外的深刻。这四尊护法相貌虽与《西游记》中的四大天王有些相似，但手持法器各不相同，这里的东方持国天王，手持琵琶；南方增长天王，手持宝剑；西方广目天王，手持赤龙（蛇）；北方多闻天王，手持宝伞。他们不仅守护着须弥山四方的安全，还保佑着国家一年的风调雨顺，因此在汉地佛教寺院中，天王殿是寺院内的第一重殿。天王殿东西两侧是钟鼓楼，在钟鼓楼北面竹林中，左右各立一座石经幢，左面的是《金刚般若波罗蜜经》，右面的是《佛说药师如来本愿经》，苍松竹影伴着阵阵的梵音，仿佛让人们来到了另外一个世界，清净无忧。

第二进院，正中是大慈真如宝殿，两侧各有配殿五间。大慈真如宝殿，是一座规模宏大的木制宝殿，它建于明万历年间，面阔五楹，为重檐庑殿顶，等级之高由此可见。大殿全部由金丝楠木制成，因此又称为"楠木殿"。整座大殿未施彩绘，金棕色的楠木原色配上黑琉璃黄剪边的殿顶，显得更加庄严肃穆，现殿内供奉的是按清朝时复原的三世佛与十八罗汉，但从清康熙朝的学者高士奇所著的《金鳌退食笔记》中了解到，明朝时期殿内曾立有高亭一座，亭内为西天说法时的场景，其中塑有释迦牟尼、菩萨和众护法的铜像。除此以外还供有文殊、普贤等神像的画卷，殿壁上还绘有精美的壁画。这些画像与壁画均出于商喜之手。商喜是明朝非常著名的宫廷画家，他善于刻画山水、人物、花鸟，至今在北京故宫博物院和台北的"故宫博物院"内还收藏着他的画作，只是这些画像与壁画在清初就已不复存在了，人们只能根据书中的描写想象它的精美程度："殿壁绘画龙神、海怪。又有三大轴，高丈余，广如之，中绘众神像二十余，左右则文殊、普贤变相，三首六臂，每首三目，二臂合掌，余四臂擎莲花火轮、剑杵简槊，并日月轮、火焰之属，裸身，着虎皮裙，蛇缠胸项间，努目直视，威灵凛烈，金涂错杂，形彩陆离。"虽然这些早已看不到了，但殿内正中仍悬挂着清乾隆皇帝御笔匾额"恒河演乘"，在佛前还有两座七重八檐的铜塔，据殿前铜牌简介，这两座铜塔是2008年根据清皇

宫档案记载复原的，塔高约6.59米，塔身镶铜胎无量寿佛712尊。其实殿内除了这两座铜塔，还有木塔两座。据《三海见闻志》载，这两座木塔原为铜塔的模型，但我通过查阅《北海景山公园志》了解到，这两座木塔建成于清乾隆十九年（1754年），为楠木胎五彩宝塔，一塔镶增胎擦擦无量寿佛584尊，另一塔镶察察（擦擦）无量寿佛584尊，所以说这两座木塔与铜塔还是有一定区别的。这几座佛塔伴着佛祖安享了百年的香火供奉后，毁于近代的纷乱之中，尤其是那两座精美的铜塔，命运更是多舛。1928年出版的《调查北海天王殿前丹陛报告》中载："佛前设精制铜塔二，塔之洞内原遍置小铜佛，后被军人盗去变卖。""七七"事变后北平沦陷，日伪政府开始以各种理由对百姓们进行疯狂的掠夺与压迫，其中在1942年至1945年，他们强制推行了"献铜"运动，范围之大规模之广，势必要将北京城内所有铜器都搜刮一光，这也导致了众多文物毁于此次运动之中。大到故宫内的铜缸、铜炮，寺庙里的铜佛、铜钟，小到百姓家里的铜盆、铜碗、铜蜡扦，甚至连城门钉都被他们征走，当成制造武器的原料，而这两座重达68948斤的铜塔，更是他们掠夺的重点。1945年铜塔被拆卸运至天津塘沽时，日本战败投降，它们就这样奇迹般地保留下来。1946年，铜塔由天津回到了北平"老家"，但此时它们已经残缺不全。直到"文革"期间，无人问津的铜塔悄无声息地被人按废铜处理掉，这不得不说是文物界的一大遗憾。幸而今天，铜塔又恢复了原样，以当初的容貌在大殿进行展览。

　　顺着大慈真如宝殿后面的月台走本应可以到达第三进院落，但是一道凸字形的红墙，硬生生地把后面的景观全部隔开。尽管如此，一座黄琉璃重檐歇山顶的大殿还是露出头来。这座大殿就是华严清界殿，据文献记载这座大殿面阔三间，檐下正中挂有"华严清界"汉、满、蒙、藏四体的字匾。在华严清界殿后是一座带镏金宝顶的重檐八角七佛塔亭，此亭建于清乾隆四十二年（1777年）前后，内有石塔一座，上刻七世佛像及乾隆御笔所书的《七佛碑记》。塔亭的北面就是那座流光溢彩的琉璃阁，这座琉璃阁与颐和园内的智慧海虽有几分的神似，但规模还是要小得多。它建于清乾隆二十四年（1759年），正名为大琉璃宝殿，是砖石结构的无梁殿形式，三重檐，歇山顶，顶覆绿琉璃瓦，上下两层，面阔五间，整座建筑均用黄绿琉璃砖装饰，阁的四壁还镶满了佛像，这些佛像造型生动、多样，据说多达千尊，非常宏伟壮观。尤其是券门上六拏具的琉璃雕刻更为精美，六拏具为藏传佛教中六种动物形象，它们一般装饰于佛像的背光或门券之上，其中有大鹏鸟、狮子、大象、鲸等，但由于拏具流行的时间不同，它的组合也有所不同。这里券门上的六拏具是：大鹏鸟居中，龙子龙女环在两侧，下面是成对的山羊、狮子和大象。六拏具为藏传佛教中的造型，代表了慈悲、保护、救度、自在等意，它在北京并不少见，像居庸关的云台、西直门外的五塔寺、香山的碧云寺等都能看到。就在琉璃阁的四周，还曾环有游廊七十一间，并在游廊的四个转角处各有重檐方亭一座，但由于年久失修，在1955年时全部拆除。我们凭借着文献上的资料，很难想象它当初的面貌，但就是现在想看一眼琉璃阁的全貌也并非易事。只有当我们不再遥望或是偶逢机会去欣赏它们的时候，才是真正自觉了解保护它们之时。

别有洞天的小西天

"小西天"是清乾隆皇帝为其母后崇庆皇太后祈福祝寿而建的一组寺庙建筑，该建筑群由极乐世界殿和万佛楼两部分组成。极乐世界殿位于阐福寺西侧，普庆门以南，是一组"坛城"式建筑。坛城，又称曼陀罗，是密宗中诸佛及众神居住的地方，它由圆形或方形的土坛组成，象征着佛的世界。如果从高空俯瞰这组占地6225平方米的建筑群，就会发现它呈现出一个完美的方形，恰好符合了坛城的样式。如果你从天上俯视这个建筑群，从外到内，首先看到的是围墙内的四座角亭，其次是坐落在水池之上的极乐世界殿，四座石桥与之相连，在每座石桥的尽头还各有一座琉璃牌坊，北牌坊正面石额为"妙境庄严"，背面石额为"法轮高胜"；南牌坊正面石额为"证功德水"，背面石额为"现欢喜园"；东牌坊正面石额为"震旦香林"，背面石额为"神洲宝地"；西牌坊正面石额为"安养示谛"，背面石额为"仁寿普缘"，这组建筑构思巧妙，金碧辉煌。

极乐世界殿是这组建筑的中心，它是一座重檐四角攒尖式建筑，高大而雄伟，镏金的宝顶在阳光的照射下发出耀眼的光芒。它通高26.9米，建筑面积为1246平方米，是中国最大的方亭式建筑。一进大殿就倍感凉爽，高大的殿顶中央是一座八方藻井，一条怒目圆睁的坐龙口衔宝珠，威严地向下观看，周围还簇拥着48条行龙，金光闪闪夺人二目。枋间的油漆彩画使用了彩画中的最高等级——金龙和玺彩画，一块乾隆皇帝御笔的"极乐世界"金匾挂在殿中。匾额下方淡绿色泥塑大山吸人眼球，各式各样的菩萨与罗汉立在山间，一座彩色亭子位于山顶，亭中有一尊释迦牟尼坐像。佛祖身边还站着阿难、迦叶二位尊者，这些姿态不同、神态各异的佛像，精美而传神，然而这些塑像都是20世纪90年代制作的复制品。连复制品都如此的精美别致，乾隆年间所建的那座"原装"佛山的精美度就可想而知了。这座佛山就是根据佛经上所描绘的场景布置的，山上除了有佛像、菩萨像，还有各种神树、瑞草、仙花及佛鸟，它们都被精心地安置摆放。据《北海景山公园志》载，山上有重檐亭九座，宝塔四座，瓶式宝塔二座，大小佛像二百二十六尊，其中还有不少铜胎佛，像释迦牟尼佛、阿难、迦叶及八大菩萨等，除此之外还有善男信女八十尊、瀑布二座、凤凰四只、孔雀四只、鸳鸯四只、鹦鹉四只、仙鹤八只、供命鸟八只、荷花一百八十朵、荷叶一百八十片、莲蓬四十朵、慈姑叶一面二十片、蒲椿六十攒、菱草六十攒、宫殿十二座、舍利子三十六颗、西番树十二棵、梅花四棵、玉兰花二棵、碧桃花八棵等。朵朵祥云环绕在佛祖、菩萨身边，神树、仙花、瑞草、佛鸟穿插其间，整座大殿仿佛仙境一般，如梦如幻。从清乾隆三十五年（1770年）极乐世界大殿建成，到1912年清朝灭亡，一百多年的时间里，这里都有专人管理，虽然清朝国力渐衰，但依然得到了维护。民国时期，政局动荡不安，除了曹锟出资维修过一次，一直都没有进行过大修。1949年后，佛山因安全问题被封闭起来，1953年经有关部门研究，将这座残破不堪的佛山拆除，20世纪80年代初，国家文物局决定对整组建筑进行修缮，殿内的梁枋、藻井、金匾，殿外的瓦当、月牙河、石桥、牌坊等都得到了修复，但佛山一直未被重建，直到1993年，才在专家的指导下复

小西天

原了这座佛山，复原后对外开放。

　　从极乐世界殿北牌楼向北走，穿过普庆门就来到"小西天"建筑群的第二部分——万佛楼的所在地。它占地1.26公顷，由左、中、右3路建筑构成。万佛楼与极乐世界大殿同建于清乾隆三十二年（1767年），为的就是庆祝崇庆皇太后的八十大寿，乾隆皇帝是出了名的孝子，因此这两组建筑群都建得极尽奢华。尤其是这座万佛楼，它高约30米，上下3层，面阔7间，四面环廊，歇山黄琉璃瓦覆顶，建造得极为讲究。乾隆皇帝为建楼铸佛专门调拨了帑币，楼内供奉金佛10229

尊，这些佛像不仅有大内制造的，也有王公大臣请铸的，在他们请铸的金佛中，大的有188两8钱重，小的也有58两重，而这些"8"字，都为了表示皇太后即将迎来的八十大寿。楼内因供有万佛，故而得名。乾隆三十五年（1770年）极乐世界殿与万佛楼同时竣工开光。

万佛楼位于中轴路上，东西两侧各有一座两层配楼，东为"宝积楼"，西为"鬘辉楼"。楼前有一汉白玉大月台，左边立宝幡杆，右边立的则是乾隆御制《万佛楼落成瞻礼诗》的石碑，此碑高7.47米，石碑通体雕有精美的图案和石像，从上面看四角攒尖式的碑首上围聚着四条口衔宝顶的行龙，下面则是一个刻着龙纹的方形石块，石块的四面还雕有4只螭首，螭首下方的长方形的石碑就是乾隆御制的《万佛楼落成瞻礼诗》，碑上四面分别用汉、满、蒙、藏四文镌刻，巨大的汉白玉须弥座为石碑基座，上雕有精美的花纹，由上至下分为3层，第一层是狮子滚绣球，第二层是凤凰缠枝，第三层是一圈半跪着手向上举的力士，这些力士仿佛承载了石碑的所有力量，每个人脸上神态都不相同，匠人们通过精湛的手艺让时间凝固于此。走过月台，前有一池，池的左右各立一座石幢，东边刻《金刚经》，西边刻《佛说药师如来本愿经》，皆为乾隆皇帝御笔。池上架一桥，桥的南北各有牌楼一座，北牌楼南向额为"聚诸福德"，北向额为"现大吉祥"，南牌楼南向额为"大千轮驻"，北向额为"满万具霏"。

东线又称"东所"，位于万佛楼东侧的垂花门内，门内有澄性堂、镜藻轩、致爽楼、湛碧亭、清约池等；西线又称"西所"，位于万佛楼西侧的垂花门内，门内有妙相亭一座，亭为重檐八角攒尖式，顶覆绿琉璃瓦，4个正面各接抱厦一间，体积宏大，内由48根柱子支

妙境庄严牌楼

撑，亭中供奉十六角石塔一座，塔上刻唐代僧人贯休所绘的"十六应真像"及乾隆皇帝题的"贯休画十六应真像赞"。

万佛楼建成后，佛像的数量依然在增加，嘉庆朝曾有记录，清嘉庆十四年（1809年），王公大臣又恭造无量佛一万尊，这里几乎成为藏传佛像的"博物馆"，也是帝后们常来拈香礼佛之处。庚子年间（1900年），八国联军入侵北京后，对皇家园林大肆地掠夺与破坏，这座万佛楼成为侵略者抢掠的目标，他们不仅将楼内的金佛洗劫一空，而且还将这座只用于供佛的高楼改为囚禁中国人的牢房。民国初年的《三海见闻志》中详细地记载了万佛楼破败后的景象："今南坊依旧，北坊只剩坊基，牌已被毁。宝积楼如故，鬈辉楼则孤壁独立，只余瓦砾，盖前数年已毁于遭火劫矣。前观音殿（即极乐世界殿）迤北，行过石池为万佛楼，俗亦称万福楼，佛座尚完，佛则于庚子年被日军运去，无一遗者。今楼下大佛，只余佛首卧在地上，不知由何处迁至此。"看到此段的描写，作为一个中国人真是痛心疾首，泱泱大国因国力衰微，导致多少国之瑰宝毁于一旦，落后就要挨打这个历史的惨痛教训，我们年轻人要时刻铭记于心！

1950年，澄性堂和湛碧亭因破损被拆除。1953年，"大千轮驻"牌楼被拆除。1965年，政府决定将濒临坍塌的万佛楼拆除，并把拆下来的须弥座用于修缮天安门的工程中。1987年将万佛楼前的《万佛楼落成瞻礼诗》碑，移至极乐世界大殿南面。除了石碑，万佛楼建筑群

宝积楼

妙相亭

《万佛楼落成瞻礼诗》石碑

只剩下宝积楼、致爽楼、妙相亭三座古建了。2011年，相关部门对万佛楼建筑群进行了地表考古，对残存的遗迹进行了详细的勘探与记录，这不仅是为了保护修缮现存的建筑，也是为了恢复已经消失的景观，期盼在不久的明天将重现万佛楼的真容。

由二郎神庙说起

灯市口大街曾是条热闹繁华的大街，在20世纪90年代，它与西单并称为北京最时尚的购物街，是青年人的购物天堂。那时灯市口大街两侧林立着不少的星级酒店和最时髦的商铺，还有京城内为数不多的高级西装专卖店，和刚刚才起步的婚纱摄影店，音像店里高声播放的流行音乐，闪闪发亮的婚纱与美味的小吃，吸引着众多过往的行人。

缘起石犬

我曾居住附近多年，经常来往于此，除了对这里热闹景象有着清晰印象，还对一件"老物件儿"有着深刻的记忆。这个"老物件儿"是一只石犬，它位于灯市口大街东侧的一家店铺前。说是石犬，其实早已经风化得看不出眉眼儿了，只剩下个伏地的轮廓还依稀可辨。

记得二十多年前，我和同学路过此地，正好看见这块立于人家店前的石块，就在我们争说它是"狗"还是"狮子"的时候，一位路过此地的老人家告诉我们，这是"狗"，是"哮天犬"。"哮天犬"，不就是二郎神身边那只神兽吗？对于我们这些看着央视86版《西游记》长大的孩子来说，它并不陌生。在电视剧《西游记》孙悟空大闹天宫一集中，正是这只神犬，把众神都奈何不了的美猴王追得狼狈不

堪，最终被擒。它怎么上
这儿来了？

正当我们心生疑惑
之时，老人又告诉我们，
这里原来有座二郎庙，石
犬是庙的原物，后来庙拆
了，石犬却留了下来。由
此，我们才知道了这里原
来曾有座二郎庙。一晃
二十多年过去了，自打家
从这里搬走以后，我再也
无缘见到这只石犬了。但
在不久前的一次文献查阅
中，指间上的无意翻动，

灯市口处的石犬

却翻出了一段与二郎庙相关的文字，这座原本已消失在我记忆中的庙
宇就这样又回到脑海之中。为了不辜负这次的"机缘巧合"，我利用
工作之便，查找了一下相关资料，对这座二郎庙及二郎神的历史进行
了一次梳理，也算是为大家茶余饭后增添一些谈资吧。

灯市口东的这座二郎庙面积不大，据1928年北平寺庙调查载：
"（庙）东西三丈一尺，南北一丈四尺五寸，房屋一间"，我换算了
一下，庙东西长约10.3米，南北长约4.8米，总共也就40多平方米，确
实不大。但它的历史却很长，据《日下旧闻考》记载，它建于唐贞观
二年（628年）。如果真是这样，那么这座并不起眼的小庙，就要比

建于唐贞观十九年（645年），现存于北京城内最古老的寺庙法源寺（唐时为悯忠寺）历史还要长哩！然而在《北京寺庙历史资料》中又载其建于隋朝或明朝，在众多的史料笔记中我并没有找到其准确的始建年代，但在明嘉靖年间成书的《京师五城坊巷胡同集》中已经确切地记载了该庙的位置，它位于黄华坊的史家胡同附近，而史家胡同恰好就在灯市口的东侧。我为了确定其准确位置又查阅了《乾隆京城全图》，这幅完成于清乾隆十五年（1750年）的全图，将北京城内每一座建筑都清晰地标注出来，它是研究18世纪北京城风貌的权威资料，从图中看这座二郎庙位于史家胡同与内务部街之间，但不少人都说这座庙就位于现史家胡同小学附近，这其实是错误的。著名学者梁实秋先生曾在内务部街前后居住了二十余年，他的一篇记述童年回忆的散文《放风筝》中就明确地提及了这座庙的位置："我家住在东城，东四南大街，在内务部街与史家胡同之间有一个二郎庙。"而一张清康熙三十五年（1696年）的《重修二郎庙碑记》的拓片，又讲述了它在清康熙朝之前以及其在康熙年间的情况："京师朝阳门内灯市口有二郎神庙，神即清源真君也，相传建于唐贞观二年（628年），于元延祐二年（1315年）重修，明万历四十二年（1614年）复修，祠宇庄严，由来已久，康熙二十五年（1686年）闰四月初八日，里邻不戒于火，焚毁靡遗，黄冠拮据艰苦，善信为之乐输，越十载而方成，栌楹梁桷雕镂丹艧之属，焕然一新。"但从全图上看，这座修建了十年，雕梁画栋的精致庙宇，与民国时期所调查的规模并无二致，都是仅有房屋一间。

在清乾隆朝大学士纪晓岚所著的《阅微草堂笔记》中还记载了这

样一个小故事，说灯市口东的这座面西的二郎庙，每当日出，屋内就金万光丈，而与其相邻的房屋却没有这个现象，有人说，这是因为小庙与紫禁城里的中和殿相对，而中和殿上的金顶恰好又将阳光反射到这里，才造成这种现象的。然而这种解释在今人看来，绝对没有什么科学道理，但故事的原文却反映出一个重要的信息，那就是灯市口东的这座二郎神庙面朝西。这正解决了在《乾隆京城全图》中，二郎庙标注得不太清楚的问题。

民国时期出版的《北京旅行指南》中又讲述了另外一个神奇的故事，这个故事发生在清光绪年间，话说一日，有只饿犬来到庙中，一头趴在二郎神神像前的供桌上就不肯离开了，附近居民都以为是二郎神的哮天犬显灵了，于是都焚香膜拜，昼夜不绝，直到总兵文秀将其驱走，才算平息此事。

当时间走到1976年，唐山大地震发生了，唐山周边城市北京、天津等也广受波及，这座二郎庙就是在这次地震中坍塌的，除了我们现在所见的那只石犬，其余已经全部损毁。

二郎神到底是谁

二郎神是谁？他又是主管哪方面的神仙？历史上关于二郎神的版本有很多，除了大家熟悉的《封神榜》《西游记》中的二郎神，民间所供奉的这位二郎神其实还有其他身份，或者说是另有其人。下面就听我细细道来。

　　提起二郎神，大家最熟悉的就是《西游记》中，那个面如冠玉，阙庭当中多生一目，神通广大，手持三尖两刃刀，身旁跟随哮天神犬，威风凛凛的便是人称二郎神的杨二郎了。而这位与齐天大圣本领不分上下的杨二郎，又是何方神圣呢？

　　在吴承恩所写的《西游记》第六回中曾载，他是玉帝妹妹与杨姓凡人所生之子，后斧劈桃山救其母，除此以外，再无其他介绍了。而明嘉靖年间成书的《清源妙道显圣真君一了真人护国佑民忠孝二郎开山宝卷》（以下简称《二郎宝卷》）中，却详细地记载了其来历：杨二郎的父亲杨天佑，曾是天上的金童，他与斗牛宫仙女云华相恋，后下界成为凡人，云华为追随恋人也私自下界与其婚配，并生有一子，即杨二郎。因云华触犯天条被花果山孙行者所困，压于太山之下，后二郎得到斗牛宫西王母的指点，"担山赶太阳"，劈山救母，而孙行者最终被二郎压于山下。这个故事虽与《西游记》中的二郎救母稍有出入，但大体相同，就连在二郎神的人物刻画上也都基本相同。因此，许多研究者都认为《二郎宝卷》与《西游记》有着某种联系。

　　无论是《西游记》还是《二郎宝卷》中的杨二郎，又都与《封神榜》中的杨戬极为相似，都是人神所生，仪表堂堂，法力无边，力大无穷，而且身边都带有神犬。因此很多人认为杨戬就是杨二郎。

　　第二个二郎是李二郎，他是秦时蜀郡太守，著名的水利工程家李冰之子。他与父亲李冰共同修建了都江堰水利工程。这个工程不仅让百姓们脱离了水患之苦，而且还变害为利，引水灌田使蜀地人民从此富裕起来。因此李冰父子在蜀地的威望极高，至今都江堰地区还流传着李冰石牛压海眼，二郎锁孽龙的神话故事，而且就在都江堰景区内，还留有当时李冰父子开凿玉垒山所堆积的石堆，称为离堆，而离堆之上的伏龙观，传说就是为了压制二郎所擒孽龙而建的。他们修建的鱼嘴、飞沙堰、宝瓶口三个水利枢纽工程，即使千年之后仍坚固如初，2008年的汶川大地震，都江堰地区受到重创，但三个水利枢纽工程几乎未受影响。我们不得不佩服古人们的聪明才智，他们仅靠肩扛手挑就完成了如此伟大的水利工程。

历代统治者为了纪念他们父子二人，不断地为他们累加封号并予以祭祀。百姓们为了纪念李冰父子也到处修祠建庙，像川主庙、川主宫、川主祠、二郎庙随处可见，其中香火最盛的当数都江堰地区的二

都江堰内的伏龙观

土庙，尤其到农历六月二十四二郎生日之时，蜀地百姓都要举行大规模的祭祀与祈福活动。随着"二郎"的功绩被神化，他的名号竟然盖过了其父李冰，深受百姓们的信奉，无论是治理水患还是降妖伏魔，抑或是保佑安康，总之，不管是大事小事大家都要来拜一拜二郎神，他俨然成了真正的"川主"。而崇奉二郎之风也由蜀地流传到全国，尤其在水患之地，几乎都建有他的庙宇。

第三位二郎是赵昱，赵二郎。他是隋朝人，在四川嘉州（今乐山市）做太守，其治内有一深潭，潭内有蛟龙作怪，祸害一方百姓，赵太守为救百姓，舍身入潭与蛟龙相斗，经过一番殊死相拼，最终手斩蛟龙获得胜利，其后赵昱便弃官归隐不知所终。百姓为了感激他，在灌口（今都江堰地区，古称灌口）为其立庙，称为"灌口二郎神"。唐太宗封其为"神勇将军"，唐明皇封其为"赤城王"，宋真宗时又封其为"川主清源妙道真君"。

由于赵二郎与李二郎的"神迹"极为相近，都是为黎民舍身斩蛟龙，百姓为了感激他们建祠立庙。慢慢地赵二郎与李二郎混为了一体，百姓们只知道二郎是一位为大家谋利的好人，而没有人去追究他到底是姓李还是姓赵，因此，灌口地区的二郎庙里供奉的既有李二郎，也有赵二郎。虽然杨二郎与他们的故事都不同，但他法力无边、武艺超群、威武英俊的形象早已深入民心，尤其是明代以后，志怪小说与民间信仰相结合，出现了一体多元化的现象，像《西游记》中的杨二郎，虽与治水无关，但在介绍二郎时仍说："心高不认天家眷，性傲归神住灌江。赤城昭惠英灵圣，显化无边号二郎。"而他身穿淡黄色的战袍，牵犬驾鹰，携带弓弩的形象，与明人笔记《蜀中广记》和清人笔记《蜀都碎

都江堰内的二王庙

事》中的二郎如出一辙。《蜀中广记》中载："世传川主即二郎神，衣黄弹射，拥猎犬。"《蜀都碎事》载："蜀人奉二郎甚虔谓之川主，其像俊雅衣黄，旁立从擎鹰牵犬。"其后二郎神的神像基本都是按照这个样子进行塑造的。清咸丰年间，四川学政何子贞就因灌口二郎庙内的二郎神像位规格高于其父母，及殿内供有梅山七怪、二郎神手持兵器三尖两刃刀等小说中的人物和物件而上疏皇帝。他认为二郎已与小说中的杨二郎混为一体，而且还要接收国家正规的春秋二祭和地方官员的二跪六叩大礼，非常不符合伦理和礼制。虽然此事上疏过朝廷，但民间仍旧按照二郎传说中的样子，对二郎进行塑造。庙内的二郎神，一般都是一位

传说中二郎锁龙之处（寒潭伏龙）

相貌俊朗，生有三目，身着黄衣，手拿三尖两刃刀，身旁带有猎犬的青年将军。就是前文所说的灯市口东的二郎庙里，也供着这样一位面生三目的二郎神。据这里的老居民说，二郎庙被震塌后还看到三目的二郎神孤独地站在一堆残砖烂瓦之中。1928年和1936年时，北平曾对市内所有寺庙进行过详细的调查登记，而这两份登记资料应是目前对这座已经消失的二郎庙记载最为清楚的资料了。在1928年的资料中记录："庙内法物有二郎一尊，从像六尊，五供香炉烛扦各一份，铁鼎一座，三尖两刃刀一柄，妙道二郎真君宝卷。"而八年后的1936年则记录："庙内法物有铜烛扦两对，铜香炉一对，铁鼎一个，铁五供一堂，铁烛扦一对，铁挂钟一个，铁磬大小两个，泥像七尊。"

红学大家周汝昌先生也曾非常细致地描写过这座二郎庙，在周先生所写的《二郎庙》的开篇中写道："顺着东单（牌楼）大街北行，未到灯市口之间，路东侧出现一个小庙。庙小名大，虽然今人已不复知，历史上却是一处名胜。"

趣谈老北京的城隍庙之一
——西城都城隍庙

俗话说，相逢不如偶遇。我想写文章也是如此，为什么这样说呢？

2014年，我与朋友相约小聚，路过金融街时，忽然发现高耸的写字楼中间矗立着一座金碧辉煌的宫殿，本想下车仔细观看，但由于时间紧迫只得放弃。说来也巧，就在2015年左右我看到一篇描写旧京城隍庙的文章，十分有趣，信手查阅了其中的一座城隍庙，没想到竟然就是我曾看到过的那座宫殿，不得不说这就是缘分。为此，我想那就来讲讲这座城隍庙的故事吧！

说说北京城隍庙的历史

旧京曾有四座著名的城隍庙，一座是西城都城隍庙，一座是北城宛平县城隍庙，一座是南城江南城隍庙，还有一座是大兴县城隍庙。其中西城都城隍庙就是我曾看到的那座，它位于复兴门内成方街路北，是四大城隍庙中唯一存世的一座，也是京城中历史最久规模最大的一座。

城隍神，最早由《礼记》所载八蜡中掌管沟渠的水庸神演变而来。随着时代的发展，城隍还肩负起守护城池的重任，他不仅守护一方水土的安危，还审阴阳、辨忠奸，为百姓们主持公道，因此城隍爷深受人们的爱戴。尽管他神职不大，却是众神中最"接地气"的一位。

要问城隍爷啥时候最风光？那应数明朝了。明太祖朱元璋落魄时曾在土地庙里当过小和尚，黄袍加身后，他对土地庙和城隍庙极为推崇。明洪武二年（1369年），朱元璋大封天下城隍，封京城城隍为"承天鉴国司民升福明灵王"，官级一品，地位仅次于皇帝；封各府的城隍为"威灵公"，官级正二品；封各州城隍为"灵佑侯"，秩三品；封各县城隍为"显佑伯"，秩四品。城隍爷的品级虽大了不少，但仍与其他神明不同，因为此神不是专人专职，而是在不同的地方由不同的人物来充当。这些人物大多都是历代的忠臣良将、英雄侠士。像北京的城隍爷就是明朝的大忠臣杨继盛，上海的城隍爷是元末明初的名士秦裕伯，杭州的城隍爷是南宋名臣文天祥，苏州的城隍爷是战国四公子之一春申君，郑州的城隍爷则是刘邦麾下的大将纪信。这些忠臣名士不仅在生前受到万民敬仰，死后也被百姓们视为掌管一方事务的神明。

都城隍庙，始建于蒙古至元四年（1267年），最初为金佑圣王灵应庙，后改为元大都城隍庙。元天历二年（1329年），元文帝加封大都城隍神为护国保宁王，其夫人为护国保宁王妃。明永乐年间重修，称大威灵祠，内供奉城隍爷，后正统、嘉靖、万历年间又多次修缮。清雍正、乾隆两朝也屡发帑金兴修此庙，并改称都城隍庙。此庙规模宏大，雄伟壮丽，是明清两代享受国家祭祀的重要庙宇。庙坐北朝南，由北向南依次分布着寝殿、大威灵祠、十八司、阐威门、顺德门和庙门，正殿为大威灵祠，内供奉城隍爷、判官及夜叉等神明，后面

都城隍庙（一）

的寝殿供奉城隍夫人，两庑的十八司内供奉着造型各异、面目狰狞的
鬼神塑像，看起来异常阴森恐怖，但这些都是为了向世人宣传善恶终有
报。仪门内十三省的城隍爷，两两相对，形象鲜活，面目如生。除此以
外还有钟鼓楼、井亭、碑亭等，尤其是庙内的元、明、清三代的碑刻，
件件都是石刻艺术中的精品，但光绪初年的一场大火几乎将庙宇全部烧
毁，许多石碑被火烧断裂，各省的城隍像也"零落殆尽"，部分宫殿化
为乌有，虽然后来修复了主要建筑，但昔日繁盛的景象却一去不返了。

朝见都城隍爷

让都城隍庙名满京城的除了百姓们对城隍爷的推崇，还有就是庙会了。明清两代的都城隍庙庙会非常有名。《燕都游览志》载："庙市者，以市于城西之都城隍庙而名也。"明代时，都城隍庙开市时间为每月初一、十五、二十五，由城隍庙往东列肆三里，所售物品应从日用品到书画古董再到奇珍异宝，应有尽有，精粗毕备，一些外国商人也漂洋过海来此洽谈生意，真可谓"天下瑰奇钜丽之观毕集于是"。

到了清代，庙会改为五月初一至初十，这期间百货云集，游人如织，热闹非凡，尤其是城隍出巡的活动更是吸引了大批百姓前来观看。举办这个活动，一是为了祭祀城隍爷；二是希望城隍爷利用出巡机会，查明所辖范围内违法犯罪的事情，及时解除厄运，为地方带来平安幸福。由于各个城市祭拜的时间不同，所以城隍出巡的日子也有所不同。像北京城隍出巡活动，就是在农历的五月初一。

五月初一这一天，宛平、大兴两县的城隍出巡朝见都城隍爷。上午十点，鞭炮齐鸣，锣鼓开道，肃静回避牌、旌旗、灯、伞、扇、斧、钺、金瓜等全副执事开道，后面是城隍爷的八抬大轿，轿子前后拥满了由许愿者所扮的判官、鬼卒、罪人、马童、仆役等，最不可思议的是还有不少在手臂上悬灯的人。而那些身披枷锁穿罪衣罪裙的人，一般都是妙龄少女，因此才留下了"可怜多少如花女，爱作披枷带锁人"的诗句。还有不少身患重病的人，也一路跟在城隍爷左右为

都城隍庙（二）

其打扇，希望借此机会消灾祛病。除此之外，抖中幡的、踩高跷的、跳秧歌的、跑旱船的、耍狮子的文武香会也跟随出巡队伍边走边演，锣鼓喧天，围观者络绎不绝。

离都城隍庙不远的闹市口大街，曾是通往庙会的必经之处，不少商贩都沿街摆摊卖货，开庙时八方游客云集于此，人头攒动，摩肩接踵，所以得名"闹市口"。由于逛庙的人太多，常常导致交通为之中断，甚至还有不少地痞流氓前来滋事寻衅，因此留下了"闹市口常闹事，太平桥不太平"的谚语。

当出巡队伍到达都城隍庙后，先由执帖衙役报门而入，得到同意方可进入正殿礼拜。祭祀官焚香祷告，诵经祈福，祭拜结束退下休息，直至午夜子时两县城隍启程返回本庙，称曰"回宫"。据文献载，城隍出巡的路线来回并不一样，这是为了表示城隍爷已巡查过所辖的管界了。大兴县城隍出巡的路线至今语焉不详，而宛平县城隍出巡的路线却有详细的记录："（宛平）城隍大轿顺皇城西行，至皇城西北角北行，至麻状元胡同东口（即太平仓东北角，亦即庄亲王府东北角），路东有小土地庙，即俗传之城隍岳父。于是城隍大轿向庙门秉正打杵，稍致敬礼后，大轿即仍北行，出仓夹道北口西折，走护国寺街，出西口走西四北大街，一直南行，越西四牌楼仍南行，至刑部街西折，出旧刑部西口，稍北折入城隍庙街，至都城隍前打杵。……至夜间子时初刻，再齐集人役，秉辞回香。出城隍庙街，走广宁伯街，轿至广宁伯街以时恰子正为主。出广宁伯街东口北折，走锦什坊街，出北口东折，顺阜成门大街东行，行至历代帝王庙前，偃旗息鼓，下轿帘以示下马之意。至西四牌楼北折，仍走护国寺街，唯不再走仓夹道，直出定府大街，南行龙头井，出三转桥至皇城根，再西折回庙。"两县的城隍爷只有经过这一拜，才能回庙重新接受百姓们的香火。五月十一为都城隍的诞辰，太常寺照例要进行祭祀，除了诞辰致祭，春秋两次的官祭也非常的重要，清宣统三年（1911年）九月，末代皇帝溥仪还派官员对都城隍进行了祭祀。

城隍出巡这种赛神活动，在清末民初时就已被禁止，自此两县的城隍爷再也没和上司都城隍爷打过照面。没有了出巡活动，都城隍爷的日子可艰难了许多。不仅烧香许愿的人少了很多，就连所售的物品档次也直线下降，仅以估衣、扇子、凉席以及一些妇女儿童用品为主。1930年，北平民国学院对北平庙会的分布进行过一次调查，发现

都城隍庙并庙的会期由原来十天（五月初一至初十）缩短到一天（五月十一），可见其衰微的程度。随着时间的流逝，都城隍庙的庙会逐渐消失了，少了人气的庙宇则显得更破败不堪。曾在都城隍庙附近居住多年的著名北京史地学家常人春先生这样描述这里："当年山门内是仪门，仪门后是一片空旷且堆满瓦砾的大院，正中是寝祠大殿，大殿上挂着'谁毁谁誉，逝者如斯夫；不仁不智，孰之而已矣'的楹联。"

繁华都市中的一缕古香

白驹过隙，一晃就到了1984年，都城隍庙已经在时光的流转中走过了七百多年，当初恢宏壮丽的景象早已被拥挤杂乱的民居所代替，虽人声嘈杂，但悲凉依旧，曾竖在后殿的石碑被居民当作墙壁砌于屋内，仅存的寝殿也破败不堪，尽管被列为市级文物保护单位，但厚重的历史并没有引起人们过多的注意。

1993年，水力电力出版社将这里改为仓库，它的境遇并没有因此而好转：荒凉，继续它的荒凉；残破，继续它的残破。那时的都城隍庙，金色的屋顶在阳光下熠熠生辉，亦如往昔，但飞檐处已经腐朽，靠着砖头和木块勉强支撑，大殿的主体也是岌岌可危，衰草丛生，蛛丝结梁。

然而，古城保护的脚步并未停下。2005年，都城隍庙被纳入"人文奥运"保护工程之中，这是继清雍正、乾隆两朝后的第一次大修。

都城隍庙（三）

在拆除了周围百余平方米的违章建筑后，路人们惊奇地发现此处竟还有这样一座古建。历时两年的修缮，这座占地五百六十平方米、面阔五间、前有抱厦的都城隍庙寝殿又威武地站在了世人的面前。梁枋间的彩画、大红色的宫殿、黄琉璃瓦的屋顶，流光溢彩夺人眼目，仿佛一切都是最初的样子，只有看到草地上还静静躺着的石碑残件时，才想起它曾如此的不堪。一座宫殿，一处残垣，一幅刻有庙会热闹景象的浮雕，讲述它曾经的辉煌与昔日的落寞。如今它作为北京金融中心的地标重新屹立，那恢宏雄伟的大殿与周边现代化的写字大楼完美地

第一辑　古寺趣闻

融为了一体。

　　这种新老结合的人文景观在北京还有很多，那古朴与现代、幽静与动感的完美融合就像我们今天古老而又年轻的新北京，千年不衰，风采依旧！

趣谈老北京的城隍庙之二
——两县城隍庙

旧京知名的城隍庙除了规模最大、历史最久的都城隍庙，还有两县城隍庙和江南城隍庙，这次就来讲讲两县城隍庙。

两县城隍庙即大兴县城隍庙和宛平县城隍庙。在说它们之前，先要了解一下大兴县和宛平县。大兴县最早出现于先秦，称为蓟县，金贞元二年（1154年）由析津县更名为大兴县，取其"弘大兴旺"之意；宛平县出现于辽，取其"宛然而平"之意，辽开泰元年（1012年）改幽都县为宛平县。明清两朝大兴县和宛平县归顺天府管理，是其所辖二十四州县中最为特殊的两县，它们是京城的附郭县，又称京县。以京城南北中轴线为界，以东归大兴县管理，以西由宛平县管理。北京有句老话："皇帝坐金銮，脚踩两个县，左脚踩大兴，右脚踩宛平。"指的就是这个。为了方便处理京中事务，两县衙署就建于城中，而衙署附属建筑县城隍庙也建于其左右。

大兴县城隍庙

东城区交道口南大街有条大兴胡同，胡同因其内曾建有大兴县衙而得名，在20世纪60年代以前，这里还一直被称为"大兴胡同"，

大兴县城隍庙山门

后来因整顿地名才改为今名。大兴县衙早已在岁月的流转中消失得无影无踪，但不少人还都知道胡同里东城分局的位置就是大兴县衙的旧址，而建于其附近的大兴县城隍庙在什么地方，人们就不得而知了。在东城分局的对面，一面雕花刻字的后檐墙虽然精美，但却有些怪异，云龙纹样的拱形门被几块青砖死死地封住，尽管如此仍能看出这原是一座庙宇，经过寻问得知，这里就是大兴县城隍庙的原址。门上有题额但已是字迹模糊，大门两侧的石刻楹联仍清晰可辨，上联是"阳世奸雄违天害理皆由己"，下联为"阴司报应古往今来放过谁"。在楹联的两侧还各题有一行小字"大清同治十一年岁在壬申孟夏恭录"和"邑中后学姜伯麟薰沐敬书"。除此以外，墙面上还镶了"监观有赫"四个大字，这些都是大兴县城隍庙的遗存，虽然不多但聊胜于无。

大兴县城隍庙作为县衙的附属建筑，曾起着重要的作用。明清两朝规定，各级地方官员上任之时，必须先到其辖区内的城隍庙进行祭拜，大兴和宛平虽贵为京县，但仍需遵守这个原则。大兴县新官上任时，除了照例到县城隍庙进行祭拜，每月初一、十五及春、秋两祭也必须亲自参加，如有行为不敬还会遭人弹劾。辖区内若发生火害、旱害、虫害等灾难时，知县也会向县城隍爷进行祈祷，希望他能保佑一县百姓的安康。在所有的祭祀活动中，当数农历五月的城隍出巡最为隆重热闹，许多文献都对两县城隍出巡有着详细的描写，我也在上篇文章中赘述了此项祭拜的事宜。为了寻找一些新资料，我特意查寻了首都图书馆馆藏的金石文献，恰巧找到了清同治年间重建大兴胡同内这座县城隍庙的拓片，上面还记载了一些很有意思的内容，下面就听我细细道来。

大兴县城隍庙重建于清同治十一年（1872年）。之前的县城隍庙虽然"由明迄今四百六十余年"，但其狭小的空间、低矮的地势，每到雨季就屡遭暴雨的侵蚀。大兴县作为元、明、清三朝的首善之区，其县城隍庙又小又破很不般配，因此庙内的徐永缘道长发愿重建县城隍庙。清同治十年（1871年）的冬天，徐永缘用募来的资金买下了大兴县衙西南一块东西长十三丈有余、南北宽二十六丈三尺的空地，重建大兴县城隍庙。次年春天，县城隍庙竣工，建好的城隍庙有大殿三间，东西耳殿两间，焚化宝库两座，东西配殿六间，东客堂两间，二

层腜殿三间，山门五间及群房若干，可见其规模之宏敞。若不是有拓片上的详细记录，谁会相信在这条逼仄狭窄的小巷内曾有如此规模的城隍庙？

仔细观之，拓片上还记载了另外一个故事。万善寺位于县城隍庙左侧，也是一座古庙，内供奉协天大帝（关帝），清同治七年（1868年），该寺僧人伙同匪人变卖庙产，眼见古庙就要毁于一旦，徐永缘看到这种情况，在征得募捐人的同意后利用所募资金将其一并修缮。修缮好后的万善寺焕然一新，殿宇威严，木鱼声声。东西两座庙宇虽不同教，但释道之声不绝于耳。

拓片的背面还详细记录了捐款人及捐款商号所捐的银两，多则上千两，少则几十吊，尽管钱数不同但其功德却是相同的。最有意思的是拓片上还记录了王士秦、魏文晋为城隍出巡所捐的物品及银两，其中捐赠物品有：琉璃灯、匾、对联、绢灯及出巡执事衣巾等物，拓片所记录的这方石碑则立于大兴县城隍爷出巡之期，清同治十二年（1873年）农历五月初一。虽然只有寥寥数语，但也能对这种已消失多年的风俗窥其一二。

1928年，北平市民政局对寺庙进行调查，虽然已经过了半个世纪，但从当时的登记档案上看，大兴县城隍庙的情况与同治年间兴建之时基本无异："本庙面积东西长十三丈，南北宽二十六丈三尺，房屋共三十四间。管理及使用状况为县党部及教育局在本庙。庙内法物有城隍正神一位，寝宫城隍藤像夫妇两位，两旁泥像站童使者十四位，泥马两匹，石佛四尊，铜香炉烛扦花筒五件，铜烛桥一个，大铜磬一口，小铜磬一口，铁钟一口，架鼓一面，坐鼓一面，铁鼎一座，木香炉烛扦花筒五件，铁香炉一个，早晚功课经两册，另有石碑一座，松树两株。"其中所载的城隍藤像，就是农历五月初一城隍出巡时，城隍泥像的代替品，由于泥像太沉不方便抬行，因此出巡时人们都是抬着较轻的城隍藤像完成的。

1930年，大兴县署迁至北京城南的黄村，由于县署的搬迁和禁止城隍出巡政令的颁布，让热闹了许多年的大兴县城隍庙清静了下来。1936年，北平市政府对寺庙做了一次总登记，除了城隍爷藤像不见记录，其余的情况都与几年前登记的情形大体符合。1947年，北平市又进行了第二次寺庙总登记，此时的大兴县城隍庙仍保持着寺庙的形制。不知何时，这座曾见证了风雨变幻的大兴县城隍庙变成了如今这个模样，梁枋间曾明艳如花的彩画早已剥离褪色，而精美的塑像也不知去向，只有封死的山门和南北两座残殿还勉强地述说着当日的盛景。如今大兴县城隍庙的外墙上虽然挂起了文物保护的牌子，但还是成了民居大院，可见文物保护之漫漫征途了。

宛平县城隍庙

宛平县城隍庙依制也建于其衙署附近，但今大宛平县衙和宛平县城隍庙都已踪迹难寻，幸好不少文献都明确记录了宛平县衙的位置。它位于今西城区地安门西大街以北，中国妇女报社处，但其县城隍庙的位置却鲜有记录。在馆藏的另一张《新建宛平县城隍庙碑记》的拓片上，却发现了宛平县城隍庙位置及兴建过程的详细记录。宛平县署

位于皇城的西北，自有署衙以来一直未建县城隍庙，可能是距此不远的紫禁城内建了一座府城隍庙，所以不必再重复建庙。但这导致了县内百姓无庙可拜、无神可祭，所以他们就将宛平县西侧保安寺旁的一座颓败的真武庙当作城隍庙来按时祭拜，以求城隍爷的庇佑。每年农历四月二十二的城隍神会最为热闹，周边的百姓都来参加，尽管活动举办了数十年，但庙宇却一如往昔的残败。僧人清云和尚立愿重修此寺，在宛平知县及县内百姓的资助下，于清嘉庆十七年（1812年）的八月就完成了神殿及廊房门、墙的修建，九月时，又新建了城隍行宫，从此这里就成为宛平县名副其实的县城隍庙。

拓片上虽没有记录修缮后的宛平县城隍庙的规模，但根据1928年寺庙登记的档案来看，这座宛平县城隍庙的规模确实不小："本庙面积东西十八丈，南北十五丈五尺，殿房共五十三间。管理及使用状况为供佛自住外，余房出自出租，办理公益事项。庙内法物有铜像五尊，木像十四尊，泥像三十六尊，藤像一尊，铁磬一口，铜香炉一个，锡五供一堂，铜磬一口，铁云板一块，铁鼎一座，铁钟一口，金刚经一部，功课经一部。"

与大兴县城隍庙一样，农历五月的城隍出巡活动也是宛平县城隍庙里最重要的活动，除此以外，还有正月里的悬灯和烧火判。这又是怎样的活动呢？

从正月十三到正月十七，宛平县城隍庙都要举办庙会，这个庙会与其他的庙会有所不同，它的主要活动都是在夜间进行。悬灯，最早用于祭神与祈福，后来演变成为一种娱乐活动。从正月十三的傍晚开始，庙内所有大殿悬起纱灯，万烛齐明，辉煌夺目，灯影缥缈，宛若仙境，各式各样的纱灯色彩亮丽，样式新颖，吸引着全城百姓前来观灯，这才只是庙会活动的开始，后面还有烧火判的活动。

烧火判，是老北京正月里的一个重要风俗。将一尊泥制的空心的钟馗像置于院中，腹中填满煤炭，待到半夜人们将其点燃，熊熊烈火顺着判官的五官七窍冒出，犹如喷火，所以称为"火判"。举行烧火判是为了驱邪除秽，让新的一年里红红火火、平安幸福。而北京城里烧火判最热闹、最好看的，就数西皇城根儿下的宛平县城隍庙里的了。据说原来判官手中拿着一个"你可来了，正要拿你"的牌子，因为逛庙烧香的游人太多，为了提醒人们注意防盗，索性将牌子上的字改

宛平县城隍庙内烧火判（首都图书馆提供）

为"当心扒手"。清末的一首竹枝词就描写了"烧火判"的情景："猎猎风生自齿牙，可怜炙熟手难遮，大都何止千身现，小劫居然百炼加，典簿貌狞神有笔，登场衔换面如花，冰山火树原同尽，冷阅年光莫自嗟。"但这种热闹景象在民国后期逐渐消失，成为人们遥远的记忆。

根据文献的记载，我找到了宛平县城隍庙的现址。当一座小小的院门出现在我面前时，心内一片狂喜，尽管我知道门那边的情况不一定尽如人意，但它却真实地存在。走进院门只需一眼，我就知道情况不妙而且很糟，这座曾经四十多亩的宽敞院落现被改造得乱七八糟，一间间自建房横空而出，将院中的通道挤得只有一人来宽，即便在如此狭小的环境内，竟然还有人在建新房，与我同来的友人不禁自言自语道："这么小的地方，冰箱能进来吗？"顺着狭窄的通道，我们走进了大院深处，院子果真很大，左拐右拐好像没有尽头，住在这里的人们按照自己的意愿随意地将院落分成诸多"领地"，各式各样的防盗门成了他们的"城堡"的"宫门"，除了这种样式，还有院中院、复式楼等建筑风格。在院里转悠了许久，我竟没找到一点儿与古迹相关的东西。正当我怀疑文献记载的准确性时，一位八旬老人出现在眼前，我向老者说明来意，他昏黄的眸子里闪过一丝光彩，老人高兴地对我说："城隍庙就在这儿！就这儿！"他一边说还一边向后比画着，好像一个被人遗忘多年的人，终于找到了听众。老人热情地给我讲述着城隍庙的过去，而且还把我带到院外，指着临街的几间店铺说："这儿就是城隍庙的山门，一共有三个门，中间的门在这儿。"老人指着其中一间店铺告诉我，"一左一右还各有一门。"我连忙问老人院里是否还有城隍庙的遗迹，老人说："有的，有的。"他带我

昔日的宛平县城隍庙今已成大杂院

来到一座院中院前，指着水泥墙里一个屋顶说："这儿就是原来的大殿。"他又指着右边几间平房说："这儿，也是大殿的一部分，不过这些房子都是扒了大殿以后建的。"我踮着脚努力地向院里看去，高处的一个屋顶确实像是古迹，但几只孤零零望着天儿的檐兽怎么看都像是新配上去的，我忍不住问老人："这檐兽是老物件吗？"老人说："新的，今年新修上去的，还有这大殿，大殿顶高，他们今年把里面改成二层楼了，你要是早点来就好了。"老人平静的语气中多少带了些遗憾。看着这位满脸沧桑的老人，我心中突然有一种说不出来的悲凉，虽然找到了宛平县城隍庙的遗迹，但眼前这种景象，我实在说不出是好还是不好……

趣谈老北京的城隍庙之三
——江南城隍庙

江南城隍庙是我介绍的旧京四大城隍庙中的最后一座，这座城隍庙位于原宣武区（现西城区）南横街东口路北，是南城百姓祭拜城隍爷的主庙，因此，又称南城隍庙。

"客居"在京的城隍庙

这座江南城隍庙始建年代不详，也不知其为什么称为江南城隍庙，就连这个名字也可能只是个俗称，因为在这座城隍庙的门额上写着"京都城隍威灵公庙"，故此有的文献也称其为"都城隍庙"。当然，这座"都城隍庙"与成方街上的那座"都城隍庙"的规模和地位都不能同日而语。北京宣南地区曾是全国各省会馆的汇集地，仅南横街这条小马路上，就汇集了泾县会馆、淮安会馆、全浙新馆、粤东新馆等几家南方会馆，这些离乡背井的外乡人，为了祈求神灵的庇佑，常在会馆内供奉乡神或本地城隍爷，如北京前门外西河沿大街浙江银业会馆正乙祠内供奉的就是财神爷赵公明，而宣武门外土地庙斜街山西省会馆三忠祠内供奉的则是乡贤张铨、高邦佐、何廷魁三人，由此我大胆推测这座江南城隍庙可能是由江南人士出资修建，供奉江南地

江南城隍庙

区城隍爷的一座城隍庙，所以人称"江南城隍庙"。相传客死在北京的江南人士，亡魂需到此庙来领取凭牒才能魂归故里，因此平时到这里烧香求拜的江南人士也多过其他的地方。

江南城隍庙地处偏僻，其附近多是菜园和义地，什么是义地呢？义地就是百姓们常说的"乱葬岗子"，这里埋的全是穷人，平时除了野狗、乌鸦的"光顾"，鲜有人迹，不时腾起的磷火和鸦鸣犬吠笼罩着整个坟场，愁云惨淡让人胆战心惊，关于这里经常"闹鬼"的传闻也流传于坊间。周围的百姓为保家宅安宁常到江南城隍庙内求拜城隍爷，时间长了这座江南城隍庙里的这位城隍爷倒好像成了专门是捉鬼祭鬼的了，故在每年的清明节、中元节和十月初一寒衣节三个节日，江南城隍庙都要开庙一天，尽管是与"阴间事"相关的节日，但开庙时也是商贩云集，游人如织，颇为热闹。

江南城隍庙的庙会

清明节是中国传统节日之一。在清明节这天，人们不仅要祭拜祖先还要踏春郊游，江南城隍庙正好为人们提供了一个两全其美的去处，既能祭祖又能郊游还能逛庙。"车走雷声马似龙，相逢一笑兴匆匆。陶然亭上萧条甚，不及阎罗庙食丰。"这首竹枝词描写的便是清末江南城隍庙清明节开庙时的盛景。

相传农历七月十五中元节是阴间放鬼的日子，所有亡魂皆可以回家探望，但一些无人祭祀的鬼魂会心生怨恨而危害百姓，所以无论是

佛教还是道教都会在这一天里做隆重的法会来超度这些亡魂。江南城隍庙也不例外，从早到晚都有超度仪式，白天是赦孤祈福的道场，晚上则是放焰口、烧法船。不少外乡人会借烧法船之际，将自己所带的祭品一同焚化，聊表祭祖思乡之情。

农历十月初一是民间亲友为亡者烧送衣物的日子。因为江南城隍庙的南边就是义地，所以每年这个时候坟场的上空都能看到满天飞舞的纸灰和跪在新坟边上嘤嘤低泣的亲友。在这些凭吊人中哭得最惨的要数那些风尘女子，她们不仅为过世的姊妹们哭，也为自己未卜的前途而哭。每到寒衣节，义地里衰草萋萋，荒冢遍地，哀恸之声不绝于耳，就连过路的行人也不忍要掩面疾行而去。

江南城隍庙的三次庙会虽然都与死亡紧密相连，但也不全是凄惨悲凉之事，因为除了祭奠亡者，还有热热闹闹的城隍出巡活动。江南城隍出巡与两县的城隍出巡虽同为出巡，但时间和目的上还是有所不同：首先是时间上，两县城隍出巡为一年一次，而江南城隍出巡是一年三次，每次均随庙会时间出巡，民间称其为"三巡会"。其二是目的上，两县城隍爷出巡主要是为了向"上司"都城隍爷汇报一年的工作，以及巡察所辖区域内的安危情况，而江南城隍爷出巡的主要目的是稽查各处的游魂怨鬼，驱邪压祟。在科学不昌明的社会里，人们认为江南城隍爷出巡时，如果某地曾发生过非正常的死亡事件，人们就要在此地糊一个人偶来代替死者，等城隍爷来时由手拿拘牌扮演神役的人向人偶说，今日奉城隍谕旨，前来拿你云云，言毕后拿出铁链锁住人偶，将其带回庙内焚烧，意为游魂已被城隍拘走，不会再作祟人间。

除了看城隍捉鬼，江南城隍出巡的游行队伍也是一大看点，游行队伍中不仅有平时常见的文武场，还有一些身穿罪衣罪裙，披枷戴锁的漂亮女子，这些年轻貌美的女性多为风尘女子，她们如此装扮无非是想向城隍爷赎今生之罪，祈盼来世不再坠入烟花之地。江南城隍庙东边有条叫太平桥的巷子（后并入南横东街），这里不仅是游行队伍的必经之路，也是庙会摆摊卖货的地方，每次开庙都有人因为看热闹而发生打架斗殴，因此北京有句老话"闹市口常闹事，太平桥不太平"。后来都城隍庙与两县城隍庙的出巡被禁止后，南城隍庙的城隍出巡成了一枝独秀的表演，因此其庙会也更加繁华热闹，成为北京南城重要的庙会之一。

江南城隍庙的右边是三官庙，这三座寺庙连成一体规模很大，其中以江南城隍庙为主庙。在这组寺庙内供有玉皇大帝、火德真君、文曲星君、关帝等各路神仙。除此以外，还建有十殿阎罗和泥犁地狱供人参观，这些塑像虽然让人看了不寒而栗，但若人们因看到这些塑像而心有顾忌，不敢随意作恶也是一件好事。寺庙内还有戏台一座，这种寺庙带戏台的格局在北京城内并不常见，据崇彝的《道咸以来朝野杂记》中载，"（庙内）有戏台为赛神之所，然多年不闻有演戏之举"，这种赛神活动一般在神的诞日进行，人们出资聘请戏班唱戏，主要是为了感谢神灵对人们的护佑。除了庙内带戏台，庙前带瓮城的格局，北京城内也不多见。江南城隍庙坐北朝南，前面是一条小街，东西各建一座城门，东城门内刻"表正天衢"，外刻"崇光帝里"；西城门内刻"泽比西成"，外刻"庙隆南界"。

民国后期，江南城隍庙逐渐走向衰败，城隍庙为了维持生计将

空闲房屋出租，一部分改为"北京市外五区南城隍庙简易小学"，另一部分出租给商人做起了小本生意，剩下的未出租的部分显得很是落魄。1949年后，这里又改为民居……几十年拆拆改改。这里早就不见了原貌，2002年南横东街进行"危改"时，将江南城隍庙全部拆除，其后又在黑窑厂胡同的三圣庵的南边重建了江南城隍庙，虽然不能完全恢复往日的风采，但至少为后人留下了一个较为完整的江南城隍庙。

索尼家庙今何处
——保安寺的历史嬗变

我为了撰写宛平县城隍庙的文章，曾特意走访了宛平县城隍庙的现址，即地安门西大街129号院，在那里我遇到了一位居住此地几十年的老居民，老者不仅告诉我宛平县城隍庙内殿宇的位置，还告诉我院子的左半部分是保安寺，而这座保安寺原本是索尼的家庙。

索尼？是那位清初三朝元老，康熙朝的首辅大臣索尼吗？环顾四周，一间间又小又破的自建房突兀地横在院中，过道两旁堆满了杂物，就这个环境怎么可能是索尼的家庙呢？索尼可是康熙皇帝嫡皇后孝诚仁皇后的亲爷爷，他的儿子噶布喇、索额图也都是朝廷重臣，索尼家好歹也算权倾一时，他的家庙怎么会如此破败！

老人好像看出我的疑问，于是把我带到院中一座石碑前。这是一座螭首龟趺碑，论其规格确实要高于普通的石碑，但就其现状来看并不乐观，它立于民居之中，墙根儿之畔，一面建于厅堂之内，另外一面则被杂物环绕，如果不是老人直接把我带到这里，我可能很难发现它的踪迹，倒不是因为它不够显眼，而是因为它被民房及杂物层层包裹，破旧的自行车散乱地依靠在龟趺头上，砖头、小推车和高脚铁皮柜填满了石碑与民房之间唯一的空隙。由于其碑阳冲外，所以并不太影响阅读碑文，但因保护不当及风化原因，使原本清晰的字迹变得模糊不清，那个高脚铁皮柜也因紧贴石碑，而挡住了碑文中一半的满

文，但开头处的"××大臣索尼撰"的字迹清晰可辨，难道就凭"索尼撰"这几个字，就说这儿是索尼的家庙？我可不信！而且我对保安寺的名字也并不陌生，此前在整理宛平县城隍庙资料时，我曾在清嘉庆年间的《新建宛平县城隍庙碑记》的拓片上看到过它的名字，当时我就对这座保安寺做了一些功课，但所查的文献中都没有提过索尼的名字。在这之后的日子里，我也陆续地查找了一些资料，仍没有发现索尼与保安寺之间的联系，只有在互联网上的一些文章上写到保安寺就是索尼家庙，但这种说法的依据是什么至今没有人提到。为了解开这个疑问，我对保安寺的历史进行了一次梳理。

保安寺的历史

在北京有两座保安寺，一座在地安门西大街（保安寺与宛平县城隍庙同在一个院落，东边是宛平县城隍庙，西边是保安寺，其门牌号为133号），另一座在宣武门外。按名气来说，自然是宣武门外的保安寺名气更大些，因为那里有一条因寺而得名的保安寺街。但要讲起历史来，还要说地安门西大街的这座保安寺更古老些。据《日下旧闻考》载："（寺）建于元至正间，为僧义佛驻锡之所。师早街膺祖印，定慧不群，人羡所居，名半藏焉。至正七年，其徒智存奉状征铭，丞相布哈奏请赐额义利。明嘉靖中重修，改名保安寺。"这一段记录虽然简短，却是众多文献中对保安寺历史描述最全的一条，无论是其后成书的《宸垣识略》，还是清光绪年间出版的《顺天府志》，都直接引用了《日下旧闻考》的内容。为了查找新的内容，我又翻阅了书库中的拓片资料，其中有四张与保安寺相关，它们分别是：元至正十一年（1351年）的《权实义利寺开山和尚了公行迹碑》、明嘉靖十四年（1535年）的《古刹义利寺重修碑记》、明万历十七年（1589年）的《重修古刹义利寺报恩记》和清康熙二年（1663年）的《保安禅寺记》。

这四张拓片前后共跨越了三百多年的历史，其记载的内容远比文献中记载的要翔实有趣得多。除了元至正年间《权实义利寺开山和尚了公行迹碑》，内容残缺字迹模糊外，其余三张都各自讲述了自己的故事。首先说说明嘉靖十四年（1535年）的《古刹义利寺重修碑记》，这张拓片就是《日下旧闻考》中所载的内容，但书中的记载只是拓片中的一部分，拓片全部内容讲述了这样一段往事：元至正年间，驻锡的僧人义伟学识深厚，周围的居民因钦佩他的博学，所以称他所居之地为"半藏"，半藏寺建好之初，义伟禅师便圆寂了。元至正七年（1347年）其徒智存奉状征铭，丞相博尔济布哈便向元顺帝奏讨了寺名，赐寺额为"义利"，半藏寺由此改称义利寺。义利寺因建得壮丽宏伟，成为当时元大都中的巨刹。明初，寺院里住进了百姓，由于人们不断地加扩房屋，导致寺院的院墙倒塌，前后三座佛殿和左右两堂的僧房也受到损毁。岁月如梭又过了一百余年，寺内的殿堂和石碑都开始倾颓崩损，该寺住持觉真禅师发愿，要重葺寺院恢复昔日盛景。在张升等各位内监公公的资助下，殿堂及圣像全部焕然一新。

明万历十七年（1589年），保安寺又进行了重葺，为了纪念这次的重修才有了《重修古刹义利寺报恩记》中的故事，在这个故事中保

古刹义利寺重修碑记

安寺里的第二代祖僧智存又被涂上了一抹神奇的色彩。拓片中讲，义利寺始建于大元至正年间，是布哈丞相（博尔济布哈）的好友义伟法师所建。寺庙的第二代祖僧是智存。智存一开始时心浊性昧，所学的典籍都不能教化他，于是智存发誓要到五台山礼拜求取智慧，智存专心刻苦的精神感动了佛菩萨，于是有菩萨决定点化他。智存在行到五台山西台坡畔时，遇到了一位持锛斧的匠人，匠人问智存为何而苦恼。智存回答："心浊不聪，想求得智慧。"匠人听后举斧剖开了智存的肚子，取其心脏刮去污垢，然后再把这颗心脏重安放于智存腹中，并对他说："牛心已去，人心已安。"言毕就消失不见了。这个剖腹取心的地方就是今天五台山中牛心石的遗址，而智存禅师回到义利寺后诵读大藏经，诵毕，竟发现自己记住了其中一半多的经文。从此，智存禅师又被称为"半藏"，而迄今（指明万历年间）人们仍称义利寺为半藏寺。嘉靖年间，觉真法师曾重修寺庙，第八代传人的云孙圆珠之弟圆利又募贤人重修寺宇，寺庙修好后，佛殿金碧交辉，不仅新添了水陆道场，而且还定期举办斋会帮助穷人，朝参暮礼，晨香夕灯，恢复了寺庙昔日的盛景。

最后一张是清康熙二年（1663年）的《保安禅寺碑记》的拓片，它就是我在133号院内所见的石碑，这套碑文拓片共两张，一张碑阳一张碑阴，它们恰好弥补了碑阳文字模糊和碑阴盖入室内的遗憾。碑阳的拓片不仅清楚地记载了清康熙元年（1662年）重修保安寺的经历，还意外记录了元至正年间那块石碑上的内容，据拓片上载，元至正年间，义伟法师始建了义利寺。其徒智存精通佛典，尤其是大藏经能背诵其半，人们遂呼他为"半藏"，而他所居寺庙就被称为"半藏

保安禅寺碑记

寺"。索尼因常路过此庙，见到过元至正年间那块残碑中所记的内容，了解到智存禅师释学深厚，宏畅宗义，为一代法门之龙象，义利寺也因面积广大而广收僧徒。但到了明初建都北京后，官员及百姓也都跟随朝廷迁入北京，北京人口因此急剧增长，京城四处都兴修官衙民舍，义利寺里也因住满百姓而差点损毁，虽有嘉靖、万历年间的修葺但也仅是免于沦废。岁月流转，到了索尼来到这里的时候，这座庙宇几乎无人问津。此时殿宇倾颓，风雨萧然，任其废兴，于是索尼号召大家重修寺庙，共成盛事，在这次修葺中重培了殿基，扶正了寺门，重塑神像，又环以红色高墙，雕梁画栋，焕然一新。寺庙于清康熙二年（1663年）春建好，为顺应民愿故将义利寺改名为保安寺。

碑阴部分镌刻的则是捐修保安寺的人名，当我看到这些捐款人姓名时，大吃一惊，这里面记载的全是响当当的重量级人物，有辅政大臣子伯加一级内大臣索尼，少保兼太子太保和硕额驸吴应熊、和硕额驸尚之隆、和硕额驸耿聚忠，少保兼太子太保和硕额驸耿精忠，少保兼太子太保尚之信，和硕额驸孙延龄，大学士范文程、宁完我，一等精奇尼哈番祖植松，一等公噶布喇，大学士索额图，顺天府尹刘格等人。这些人物均是清初历史上的名人，他们的命运随着清朝的发展而各不相同，一场"平三藩"让其中大部分人家破人亡，而曾经帮助康熙皇帝智擒鳌拜的大学士索额图，怎么也不会想到几十年后由于他参与了康熙朝储位之争，而被圈禁于宗人府中，然后被活活地饿死，而他的儿子们也全部被诛杀。只不过在清康熙二年（1663年）这个时间点上，他们相对都是幸福的，这张拓片就像照片一样永远地将他们定格在这里。

　　这四张拓片虽然完整记述了保安寺由元末至清初的历史嬗变，但仍没有保安寺就是索尼家庙的直接线索。为了寻找答案，我决定反向查找，先从索尼的家宅查起，一般来说府邸与家庙都挨得很近，如果索尼的府邸就在保安寺附近，那么保安寺是索尼家庙之说是有可能的。

索尼的府邸及家庙

　　索尼（1601—1667年），赫舍里氏，满洲正黄旗人。清朝开国功臣之一，初为一等侍卫，随太宗（皇太极）南征北战，立下汗马功劳。太宗崩五日后，睿亲王（多尔衮）召索尼商议册立新帝之事，索尼推荐太宗之子为帝，皇九子福临才得以即位。清顺治八年（1651年），索尼晋一等伯世袭，擢内大臣，兼议政大臣，总管内务府。清顺治十八年（1661年），世祖崩，遗诏以索尼、苏克萨哈、遏必隆、鳌拜共同辅政。清康熙六年（1667年）六月索尼卒，谥"文忠"，赐祭葬有加礼。索尼是清史中赫赫有名的一位重臣，他的宅邸我想一定很好找，但是查阅了若干资料后都未见记载，这太出乎我的意料了。但功夫不负有心人，终于在《寻访京城清王府》一书中让我找到了答案。这本书是冯其利老师的力作，作为研究清史的草根学者，很多人都知道冯老师的大名，但人们可能不知道他还是研究清皇室的专家，不少皇家后裔都与他交好，他的《清代王爷坟》及《寻访京城清王府》填补了清代王府及宗室王公墓葬研究领域的空白。冯其利老师其实与我还有些渊源。2010年左右，冯老师在我们主任的带领下来到我们小组，主任告诉我们，冯老师因要研究一个课题需要我们帮助查找资料，所以今后一段时间内，我们的工作就是为他提供所需的文献，这第一天的工作就是由我来协助完成的。在我眼中冯老师是一位和蔼的忠厚长者，虽然他年纪比我大很多，但是却坚持称我为"大妹妹"，以示对我的尊重，对待其他人冯老师也是极和善的，时间久了他也和我们一样，每天与老读者打招呼，遇到问他问题的人，也会热情耐心地为他们解答。冯老师还是位治学严谨的学者，他对自己的研究对象非常热爱，不仅用史料来还原它们，而且还实地考察每一个研究对象，跑遍了京城内外。因此，我对冯老师书中提到的索尼家宅及家庙的线索非常信任，况且这个线索还是由索尼第六子法保的后裔赫振枢先生提供的。

书中记载："一等公索尼的宅邸在厂桥附近的兴化寺街（旧称兴花寺胡同，今名兴华胡同），家庙是兴化寺街南边皇城根的保安寺，兴化寺街和保安寺之间有索家花园，花园东边是马圈。"原来保安寺真是索尼的家庙，尽管绕了一大圈又回到了起点，但这个结果总比人们口口相传保安寺是索尼的家庙更有说服力。保安寺之所以能成为索尼的家庙，我认为有两点可能：一是索尼对这座保安寺的复兴起到了至关重要的作用，他不仅看到了保安寺的倾颓，而且还为保安寺的修复出钱出力；二是索尼过世后清廷非常重视，曾与他一起捐款修庙的朋友也都是同僚，大家为了纪念索尼大人索性将这座他曾经参与重修的庙宇赠送给他作为家庙，当然这只是我个人

的推测而已。

这座保安寺成为索尼家庙后，就与索尼的家人的命运紧密相连，清末民初，许多皇室贵胄都因贪图享乐入不敷出而变卖家产，索尼家老宅也是索尼的后裔在一次豪赌中当作赌资输掉的，从此索尼的后人被迫离开了兴化寺街的老宅，而保安寺很可能也是从那时起就疏于管理，最终沦为了民宅。据《北京西城文物史迹·第一辑·上册》载："寺坐北朝南，依次有山门（天王殿）三间，木额上书'保安寺'，满汉文。慈光、宝光殿及东、西配殿各三间，三世佛殿五间，及东、西配殿各三间。东配殿为关帝殿，西殿为达摩殿。"此庙规模虽然算不上大，但也有殿宇三层，佛像若干。1928年，北平市做了一次寺庙登记调查，那时保安寺的情况如下："本庙面积东西十八丈，南北十五丈，殿房共五十三间，管理及使用状况为供佛自住外，余房出租，办理公益事项。"由上面这段记录不难看出，民国初期的保安寺已经开始走下坡路，仅靠"吃瓦片"度日，其未来的日子也就可想而知。

1989年8月，西城区政府公布地安门西大街133号院为区级文物保护单位，但保安寺并没得到真正的保护，私搭乱建的房屋及各式杂物占满了整座院落，不到一人宽的通道是唯一一条可以行走的道路，尽管院门口那个西城区文物保护单位的牌子在阳光下熠熠生辉，但院内仅存的一间大殿却在钢管、铁架子、墩布头儿等杂物中低声哭泣着。据冯老师的《寻访京城清王府》中记载，1997年他走访保安寺时，正殿前还立着明万历十七年（1589年）碑及清康熙二年（1663年）碑，然而在不到十年的时间里，一碑已丢，另一碑则盖入了民居之内。

　　2013年冬天的某日，冯老师并没有像往常一样到图书馆来看书，而我们也都以为他又像往常一样，因为高血压的老毛病需要休息一两天，只是往后很长的一段时间里，冯老师再也没有来过这里。转眼就到了2014年的春天，我们听说冯老师病了，而且病得很重，入冬不久便传来冯老师因病过世的噩耗，每每想起他与我们在一起的情景，我都非常难过，特借此文向他表示我深深地怀念和敬意。

大太监刘瑾与广通寺

　　京剧舞台上有一出大戏《法门寺》，写的是明朝大太监刘瑾，在法门寺陪皇太后烧香时，解决了一桩冤案，为好人平反昭雪，将真凶绳之以法的故事。读者朋友们千万别以为刘瑾是个什么好人，他一生可真是坏事做绝，可能就干过这样一件好事。《法门寺》这出戏有很高的艺术价值，所以至今仍流传不衰。至于戏中的法门寺在什么地方，有几种传说，一说，法门寺在陕西省郿县毗邻的扶风县的扶风镇。这应该是没问题的，如今陕西法门寺，是全国旅游的一大景点，但也有一个大问题，年迈的皇太后怎么会选择跑到离北京数千里外的陕西法门寺降香？这于情于理都说不过去。于是又有一说，在北京西郊有广通寺，此寺便是京剧《法门寺》的原型，这倒是解决了皇太后在京降香的问题，甚至还流传着刘瑾的坟就在此寺后面的说法，为该寺确为"法门寺"原型增加了佐证。但此说可有真实性？欲弄清这个问题，我们先要弄清刘瑾是个怎样的家伙？是不是像戏中所说的"和万岁爷，明是君臣，暗如手足一般"，并且得到了皇太后的宠爱？

刘瑾其人

　　刘瑾，是明朝历史上继王振（正统年间的大太监）之后又一位擅

广通寺寺额

权乱政、祸乱朝廷、残害忠良的阉人，他与马永成、高凤、罗祥、魏彬、丘聚、谷大用、张永七个太监受到了明武宗的宠爱，这八个人朋比为奸，胡作非为，贪污受贿，干预朝政，鱼肉百姓，无法无天，人称"八虎"，在他们之中以刘瑾为首。

刘瑾，本姓谈，明景泰年间被镇守太监刘顺收为义子，入宫后改为刘姓。他为人狡黠，口才出众，善于钻营，特别崇拜前朝的大太监王振，初为掌管钟鼓司的一个太监，后因斗殴致人死亡，被判杖刑一百。行刑时本已气闭多时的刘瑾，竟在一百杖后悠悠转醒，人们都说他："大难不死必有后福。"明弘治年间，刘瑾被分配到东宫服侍皇太子朱厚照，朱厚照既是明孝宗的长子，也是他唯一长大成人的儿

第一辑

古寺趣闻

于。聪明伶俐的朱厚照从小就深受父皇宠爱，刘瑾深知朱厚照是只业绩优良的"潜力股"，因此，他将所有心思都花在这位太子爷的身上。明弘治十八年（1505年）六月，明孝宗驾崩，年仅十五岁的朱照厚面南称帝，他就是历史上有名的明武宗，刘瑾正是依靠这位小皇帝的任性胡为，才一步步走向了政治顶层舞台。

　　明武宗从小聪颖过人，但却娇惯成性，对骑射、宴乐、女色等极为迷恋。刘瑾投其所好，与武宗身边的马永成、高凤、罗祥、魏彬、丘聚、谷大用、张永七个太监组团忽悠皇帝玩乐。明武宗是日日声色犬马，夜夜纵情逸乐。就这样刘瑾还觉得不够，为了成为皇帝眼前的"红人"，他不断进献鹰犬、歌舞、角抵等游戏。明武宗对刘瑾的这种"忠诚"与"敬业"极为满意，在"八虎"之中独宠刘瑾。为了表彰他，武宗接二连三地给刘瑾加官，由最初掌管钟鼓司的太监，升到内官监，后来又担任了总督团营，执掌兵权。皇帝在刘瑾的引诱下，越玩越高兴，越玩越离谱，甚至在宫中玩起了"角色扮演"。刘瑾命人在宫中搭建店铺，让太监扮演百姓和老板，皇上则扮演富商，玩起了过家家。但没过多久，武宗就觉得不过瘾，于是刘瑾又出主意让宫女扮作妓女，在宫中开起了勾栏瓦肆，武宗到处听曲、淫乐，把后宫搞得乌烟瘴气。大臣们对"八虎"这种引诱皇帝玩乐，不顾朝政的行为多次进谏，要求处理"八虎"及诛杀为首的刘瑾。一开始，武宗并不理会大臣的意见，但在大臣们的再三劝诱下，皇帝无奈要处理刘瑾等人，不料风声走漏，刘瑾带着其他七人连夜入宫向皇帝求情，他们边哭边磕头，向武宗述说他们是被大臣们冤枉的，在刘瑾巧舌如簧颠倒黑白的解释下，武宗非但没有杀他们，而且还将他们分别提职，刘瑾除了身兼总督团营外，还成了司礼监的掌印大太监，而那些进谏的大臣却被迫辞官，王岳、范亨、徐智被发往南京充军，在发配的途中刘瑾又派人将王岳和范亨杀害，将徐智的手臂打断。

大臣们除"八虎"失败后，刘瑾的权势越来越大，他一面搜罗各种新奇玩意儿和美女进贡给皇帝，另一面又趁皇帝行乐之机把持着朝政。俗话说，"一人得道，鸡犬升天"，不仅刘瑾本人掌握着生杀大权，就连他家中奴才也仗势欺人。山东学政间洁原就是刘瑾家一个奴才的女婿，仅凭这种裙带关系，便掌握了山东一省的教育大权。一时，朝廷内外全都笼罩在他的淫威之下。在民间也流传着京城出了两个皇帝，一个朱皇帝，一个刘皇帝；一个坐皇帝，一个站皇帝，这说的就是朱厚照虽居皇帝之位，但刘瑾却掌握实权。

明正德五年（1510年），刘瑾派亲信周东到宁夏清查屯田，周东为讨好刘瑾，私将五十亩的田按一顷税收，从中获取巨额暴利，然后将暴敛来的钱财行贿给刘瑾，他的这种做法引起了戍边将士们的极大不满。同年四月，本就有谋逆之心的安化王朱寘鐇看到天下人人都恨刘瑾，便以讨伐刘瑾之名起兵叛变，这个理由得到了众多武臣的拥护。五月，朝廷派都御史杨一清和"八虎"之一的太监张永去平定安化王的叛乱，没多久朱寘鐇就被杨一清擒获。杨一清想利用张永与刘瑾的矛盾铲除刘瑾，就让张永向武宗告发刘瑾以往所做的恶行，其中还包括蓄意谋反，武宗听后并不十分相信，张永又将朱寘鐇讨伐刘瑾的檄文呈给武宗看，武宗还是犹豫是否要抓捕刘瑾。就在此时，张永对武宗说："少迟我辈皆齑粉矣，陛下将安归乎？"皇帝听后才将信将疑地下令将刘瑾抓捕。第二天，皇帝亲自到刘瑾家中监督抄家，锦

衣卫从他家中抄出：金三十四万锭又五万七千八百两；银元宝五百万锭又一百五十八万三千六百两；宝石二斛、金甲二副、金钩三千、金银汤盥五百、蟒衣四百七十袭、牙牌两柜、穿宫牌五百、衮龙袍四件、八爪金龙盔甲三十件、伪玺一个、玉琴一张、玉带四千一百六十束，而且又发现了刘瑾经常带在身上出入宫殿的一把扇子中竟藏有匕首，武宗见此情景，大怒道："奴果反矣！"刘瑾被判磔于市三日。历史中擅权专权的阉人为数不少，但像刘瑾死得这么惨的并不多见，当然这也是他恶贯满盈，罪有应得。据说他在被凌迟的三日之中，共被割了三千三百五十七刀，死状极惨，身上的肉早就被割完，只剩下森森白骨，而那些被他陷害过的人及家属，都争着花钱买他的肉来生吃，方才觉得解恨。刘瑾得意之时的那种嚣张的气焰，以及草菅人命的种种形态，在京剧《法门寺》中都曾表现得淋漓尽致。

广通寺在何处

在北京的西直门外，有座历史悠久的高梁桥，这座桥始建于元至元二十九年（1292年），是长河流域非常重要的一座桥梁，1982年市政改造时，将桥下河段改为暗河，将桥体拆除。这座高梁桥下的长河，曾是明清两代皇后去往西郊行苑必经的水上御道。桥两岸的风景极佳，垂柳依依，名胜颇多，在桥的北岸依次分布着倚虹堂、极乐寺、广通寺、慈献寺、五塔寺、大佛寺等不少的景观，是人们踏青出游的好去处。尤其是位于高梁桥西北的广通寺，这座建于元至正年间的古刹高大雄伟，风景独特，是北京著名的外八刹之一。《日下旧闻考》中载："（广通寺）崇基若冈阜，累级而升，寺门前缭以短垣，寺四角有高楼，可以眺望，亦春游一胜地。"这座景色优美的广通寺与刘瑾又有什么关系呢？原来在广通寺院后有一座土山，土山南面正中立着一座石幢，石幢上的字早已被人铲平，墓园石门上的额题亦被人毁，人们都说这里就是刘瑾的墓。相传清乾隆皇帝曾御驾至此降香，看到了石碑上的字是为刘瑾而写，想起他平时种种的恶行，便命人用斧子将墓园中所有文字铲平，而墓旁这座广通寺，据说就是京剧《法门寺》中法门寺的原型，因刘瑾生前常陪太后到这里降香，所以死后也就葬在了广通寺旁。

广通寺到底是不是法门寺的原型，刘瑾是否真的葬于寺旁？下面就听我细细道来。

广通寺始建于元至正年间，初名"法王寺"，是三藏法师谟沙室利的弘法道场，由僧人贵吉祥所建。明朝改为"广通寺"，百年间几经兴废，明嘉靖年间，古刹又见倾颓，太监黄锦请旨重修。此寺左依雉堞，右环西山，寺前如碧的长河悠悠荡荡，堤岸上杨柳轻拂，如虹的高梁桥横亘河上，好似人间仙境，登上寺中高楼，远眺景色更是美事一桩。城内繁花似锦，城外清新雅致，盛春时节，两岸桃红柳绿，引得城中仕女云集至此。时光转瞬，斗转星移到了清康熙四十二年（1703年）的冬天，康熙皇帝带着他的嫔妃出行，正好路过广通寺，住在延禧宫的嫔妃看到古刹破败不堪，便请求皇帝重修庙宇。康熙皇帝立刻就答应了重建古刹，并派实资和尚主持修建工程。实资和尚是位修为很高的僧人，他十四岁出家，三十年如一日，严守戒律，深受

皇家的推崇，他曾经主持过万寿兴隆寺的重建工程。这次复建广通寺用了整整十年的时间，修好的广通寺金碧辉煌，雄伟壮观，有天王殿、无量寿佛殿、大雄宝殿，还有方丈室、禅堂、斋堂、厨库等数十间房，另外在山门左侧又建了茶房五间，以方便过路行人之用。康熙五十一年（1712年），皇帝还御笔题写了寺额，以及正殿额"息心净行""慈灯普照"，在实资和尚的努力下广通寺又得以中兴。清雍正十一年（1733年），雍正皇帝特发帑金重修此寺，并御笔题写了殿额"福佑升恒"。清乾隆七年（1742年），乾隆皇帝路过广通寺时还作了首《过广通寺》的御诗，对广通寺幽静的景色赞不绝口。广通寺是官刹，由僧官住持，因此一直受到了皇家的资助，据《宫中档雍正朝奏折》记载，清雍正十三年（1735年）时，广通寺有建筑物六十座，土地二千零二亩，年收入白银三百九十二两。

清末时，慈禧太后常去颐和园休养，每次往返必到广通寺佛殿内小憩，故将佛殿改称为"天佛宝殿"。清朝灭亡后，广通寺没了固定收入，僧人依靠种地及为人停灵维持生活。

由于广通寺靠近西山的墓群，因此许多人都在这里停灵，其中最有名的要算北洋政府国务总理段祺瑞了。段祺瑞死于上海，他临终前告诉儿子一定要把自己安葬在北平的西山。其灵柩回到北平后，便在广通寺停灵祭典。当时，广通寺的退居长老性然和尚还给段祺瑞赠了一副颇具禅意的挽联，上联是"往事已成烟，当此冷月风悲，忍听亿兆哭元才"；下联是"人生原如梦，试看河残山破，公能放著即解脱"。

从广通寺的历史沿革来看，这座寺庙与京剧《法门寺》中的法

原广通寺内的古树及石碑

门寺毫无关联，就因为它曾叫过法王寺，与法门寺仅一字之差，字音又很相近，很容易叫混，加上在庙后还有一座无墓碑的小坟包，因此，人们对法王寺便产生了误会，说此寺就是法门寺的原址，无字的小坟包是刘瑾的坟墓。甚至还有人谣传，民国二十几年曾有个戏班子在广通寺天王殿前唱《法门寺》，结果唱到一半就有人打架还动了枪，事后人们都认为，可能是因为后院埋了刘瑾，所以不应该唱《法门寺》。

广通寺后院那座无字墓是不是刘瑾的呢？据我分析，可能性极小，刘瑾因谋逆大罪被判凌迟后，他的党羽及亲属也都受到了重刑，就连他在陕西的祖坟也差点被掘。试想此时，谁还会为一个已经身败

名裂的死人去建墓刻碑呢？就算是刘瑾的后人为他修墓，也应该把他葬于陕西老家的祖坟内，而不是一个与他毫无关系的寺院里。不过话说回来，广通寺一带，确实葬有许多太监。因为在元朝时，有个内监在这里修建了广通营，用于埋骨，后来这儿就成了太监们集中安葬的地方。从这座颇具规模的墓葬来看，这里很可能是位大太监的墓，但出于某种原因石门及墓碑上的文字被人为毁掉了，因此人们就编出乾隆皇帝到广通寺降香，偶遇刘瑾墓后，下旨毁碑文的故事。恰巧广通寺又曾叫过法王寺，人们就更加确信这座小坟包是刘瑾的墓，久而久之这里就"真"成了刘瑾的墓了。

民国时，此寺的住持长悟，曾办过一所平民小学，想用教育来教化民众，几十年后这里又重新开办了学校，该校名为北下关小学。2007年，北下关小学与北方交通大学附属小学原址合并，现在这里是北方交通大学附属小学。广通寺的面积很大，除了学校，其东面的广通苑小区也是寺庙的一部分，现在广通苑小区内还存有该庙的一些历史遗存，有康熙皇帝御笔所题的寺额、康熙五十一年（1712年）时立的石碑、雍正十一年（1733年）时立的石碑、寺庙的一段后墙以及几棵古树，它们作为历史的见证，默默地讲述着曾经的故事。看来在三个法门寺中，京剧中的法门寺还是应该在陕西省扶风县内扶风镇，而刘瑾陪送去降香的，不是皇太后，而是他年迈的母亲！

第二辑

老街旧景

北京昌平平西府从无平西王

北京5号地铁终点——天通苑北站再北行一站地，地名为平西府，有533路等数路公交车在此设站。由此站再西行数里许，便可见一座雕梁画栋的建筑群，入内则见中西建筑鳞次栉比，大小温泉三两成群，水汽氤氲飘浮空中，此处便是2005年左右修建起来的大型主题休闲温泉水城——温都水城。打开这里的地图看，此地名"平西府村"。据此地年长的老人讲，这处温泉所在地就是当年的平西王府。但如再仔细询问，则又语焉不详。既然封王封侯当然不是小人物。那么，这里到底是不是所谓平西王府所在地？平西王又指何人？诸多谜团倒要考察一番了……

平西府在哪里

经查，平西府这个村名，并非自古就有，是几经变化才确定的。据1980年出版的《北京市昌平县地名录》记载，此地明代才成村，当时称"大辛庄"，清初称"南郑家庄"。在光绪朝之前的诸多史书、地理志书中，均称此地为"郑家庄"。如今之地称"郑各庄"。清昌平人麻兆庆在《昌平外志》中道："'郑各庄'的'各'，旧均作'家'。"看来这两个字是混用的，郑家庄和郑各庄是一个地方。那什么时候这个地方有了"平西府村"这个村名呢？

此地在明清两代时，很有点讲究。为人津津乐道。此地地处温榆河南岸，水草丰美，风景秀丽，自古就是皇家饲养御马之所，尤其它又在北京城中轴线的延长线上，地理位置极佳，因此明清两代在此地均设置了朝廷大员重点把守。然而这一切都不足使其名留史册，唯有此地的一座赫赫有名的王府，并在这座王府中隐藏着几多兴衰几多荣辱的故事，才会留下"平西府"这个地名，也才会令人油然产生探幽寻秘的兴趣。

平西府可曾有平西王

那么，这里曾有的一座王府真的是平西王府吗？草蛇灰线，或明或暗，为弄清这个问题，的确需要下一份大力气考证。我先查了明史并了解到，明太祖朱元璋把自己的儿子分封到全国各地，或坐镇一方，或固守边塞，但这些被分封的皇子中并无平西王。那么明朝有无异姓分王的呢？有。在明太祖朱元璋夺江山社稷灭元朝政权的战争中，功劳最大的当为徐达、常遇春、李文忠、沐英、汤和、邓愈六人，也唯有这六人未被朱元璋残害。但此六人生前并未封王，朱元璋是舍不得给予的。这六人是死后才被追封为中山王、开平王、岐阳王、黔宁王等诸王，其中也并无平西王。

接着我再查清史，这一查便发现了端倪。原来在清朝时，除了爱新觉罗氏诸亲王、郡王，还分封了四个异姓王，即归顺清廷的降将

第二辑

老街旧景

113

吴三桂、孔有德、耿仲明、尚可喜四人。清廷曾封孔、耿、尚三人分别为恭顺、怀顺、智顺"三顺王"。而四王的第一王吴三桂分封的则是平西王。平西王虽然找到了，但答案并没有解决。因为资料告诉我们，吴三桂从未在北京开过府……又经一番查证后，才发现虽然吴三桂未在北京开过府，但是他的儿子吴应熊在北京有过府邸。吴应熊可不是一般人，他是清顺治皇帝妹妹和硕恪纯长公主的丈夫，他的府邸称为吴额驸府。不过遗憾的是府址不在昌平而在京城的中心，今天安门西侧南长街南口路西那一大片院落即是吴额驸府，现今府邸院落仍存。昌平这个平西府既然不是平西王府，那么这个郑各（家）庄上神秘的地方究竟是何所在？难道不是一座王府？

无平西王的王府真相

是！据清史专家阎崇年老师在台北"故宫博物院"查阅康熙和雍正两朝的满文档案时，见到清康熙六十年（1721年）十月十六日，监造郑家庄行宫与王府工程郎中尚之勋等满文《奏报郑家庄行宫用银数折》。折中奏道："康熙五十七年十二月内，为在郑家庄地方营建行宫、王府、城垣及城楼、兵丁住房。"可见清朝时，郑各庄处不但曾建过王府，还建过皇帝的行宫。后阎崇年老师又去了中国第一历史档案馆，经郭美兰研究员查阅到了清康熙五十七年（1718年）此项工程兴工的满文奏折，其中部分满文内容译成中文为："清郑家庄行宫与王府等工程于康熙五十七年开始动工……共计建筑住房当在一千一百六十四间以上。"行文至此真相大白，原来这里曾修建过行宫与王府。那么既曰王府，让哪位王爷居住呢？《清圣祖实录》记载，清康熙六十一年（1722年），"朕（康熙皇帝）因思郑家庄已盖设王府及兵丁住房，欲令阿哥一人往住"。但具体是让哪一位阿哥入住呢？康熙皇帝没有说。但据《朝鲜李朝实录》（台北"故宫博物院"藏满文档案）载："康熙帝临殁时遗言：'废太子、皇长子性行不顺，依前拘囚，丰其衣食，以终其身。废太子第二子朕所钟爱，其特封为亲王。'"这里，被康熙皇帝所钟爱并要封为亲王的废太子第二子又是谁呢？康熙要让一个阿哥入住郑家庄王府，难道就是这位二阿哥胤礽吗？

原来康熙皇帝与皇后赫舍里氏少年成婚，皇后年方十一岁。婚后夫妻感情甚笃，可惜赫舍里氏因难产而逝，年仅二十一岁。康熙皇帝因怀念结发之妻，在胤礽年方一周岁时便册立胤礽为皇太子。孰料，这爷儿俩随岁月推移，矛盾产生并逐渐加剧。在漫长的四十年中，太子两立两废，最后，康熙皇帝将胤礽"拘执看守"。但毕竟是父子骨肉情深，更何况胤礽在相当长时间也是康熙皇帝最喜欢的阿哥，所以才使这位老皇帝在临终时留下这样不寻常的遗言。继位的雍正皇帝在一个月后就封"二阿哥（胤礽）子弘晳为多罗理郡王"。数月后，雍正皇帝又下旨宗人府："郑家庄修盖房屋，驻扎兵丁，想皇考圣意，或欲令二阿哥前往居住，但未明降谕旨，朕未敢揣度举行。今弘晳既以封王，令伊率领子弟，于彼居住，甚为妥协。"弘晳于雍正元年九月二十日（1723年10月18日）乔迁郑各（家）庄。

终雍正朝，弘晳一直居住于此，并由郡王晋封亲王。但好景不

长，十五年后，清乾隆四年（1739年）十二月，弘晳被乾隆皇帝革除王爵，迁出郑家庄王府，然后被永远圈禁于景山东果园。经阎崇年老师分析，乾隆皇帝之所以这么做或出于妒忌之心，或疑其阴谋不轨尾大不掉。再经二十余年后，也就是清乾隆二十九年（1764年）时，看守王府的数百兵丁全部调往福州当差，亲属整户跟随。"其空闲房屋，毁仓空地。"

郑家庄王府，从康熙五十七年（1718年）始建，康熙六十年（1721年）建成，到乾隆二十九年（1764年）人走房空，最后毁仓空地，共经历了四十六年的荣辱兴衰。虽然王府看似湮灭无痕，但历史上的事件只要发生就会留有踪迹。1958年北京文物普查时，今郑各（家）庄也即平西府村内仍留有一座土墙垣约五百平方米；城南仍留有汉白玉匾额一方，楷书"来熏门"。城墙外是护城河，现东、南、西三面护城河基本保留。2006年，该村施工时又出土一口镏金铜井，相传此井就是当年王府所用。这口井我2010年随阎老师田野踏察时，

平西府的井

曾有幸近距离观察过，制作相当精美，依然能清晰地看到井口雕刻的云龙，威严不失皇家风范。

读者也许要问：既然此府为弘晳府，为何今称平西府呢？原因何在？现今居住于平西府名佳花园小区内的中国人民大学

博士生导师、中央电视台《百家讲坛》栏目主讲明史的毛佩琦教授认为，"平西府"为"弘晢府"的音转，"平西"与"弘晢"发音极为近似，平西通俗易记，弘晢字义费解，故久而久之，以讹传讹，弘晢府便被人们传成了平西府。我甚以为然，附为文尾。

成贤街里的"皇家大学"

　　成贤街位于东城区安定门内，是一条东西走向的胡同。它毗邻著名的雍和宫和充满小资情调的五道营，在宗教气氛和文艺氛围中，它以优雅的文人气质独立其中。在这条古老的胡同内，横跨着四座刻有"成贤街"和"国子监"的彩绘牌楼，街道两旁遮天蔽日的古槐将红墙黄瓦掩映在一片绿荫之中，尤其是盛夏时节，枝头上一丛丛淡雅的白色小花散发着幽香清洌的味道，充满了整条长巷。胡同的中央，有一组古建筑群，凸显出它的与众不同，这组建筑就是孔庙和国子监。我曾在国子监内工作，对那里的一草一木都留有深厚的感情，虽国子监现在改为博物馆，但记忆中的那个老国子监却是历久不忘，下面就讲讲我记忆里的国子监。

国子监是古代最高学府

　　国子监是古代最高学府，又称"国学""太学"，因其还包括孔庙，所以又称为"庙学"，所以国子监呈现的是"左庙右学"的规制。北京国子监始建于元至元二十四年（1287年），历经了元、明、清三朝，至今已有七百余年历史，虽经历朝维护，但现在看到国子监仅承袭了明清两代的历史遗貌。国子监是由前、中、后三个传统四合

118

国子监正门

院组成，占地两万多平方米，在其中轴线上建有琉璃牌坊、圜河、辟雍、彝伦堂、敬一亭等主要建筑群，左右又有率性、修道、诚心、正义、崇志、广业六堂。

　　国子监的大门叫"集贤门"，这是一座面阔三间的朱漆大门。进入集贤门后就来到了第一道院落。院落宽敞整齐，是旧时停放车马和轿子的地方，相当于现在的停车场。20世纪50年代时，少年儿童图书馆搬迁至此，西侧廊檐下一溜儿窗明几净的房间便是少年儿童阅览室。在阳光明媚的午后，总会看到三三两两戴着红领巾的儿童，蹦蹦

国子监街牌楼

跳跳地结伴而来。在其东侧还有一扇与孔庙相通的"持敬门",取意进入孔庙要"持有崇敬之心"。前院花圃中,有一株高大的玉兰树最引人注目,巨大的树冠上缀满了洁白的花朵,也许是土质适宜,这里的玉兰花的花期格外长,花瓣也是又大又厚,听附近老邻居们说,他们常来捡拾花瓣,回家和面后炸着吃,是又脆又香。

与"集贤门"相望的第二道门叫"太学门"。在封建王朝时期,这道门只有在皇帝临雍讲学时才能开启,监生与官员平时只能走太学门台基下两旁的掖门,不过到了现在,普通人也可以轻松地由中间的

"太学门"进入中院。中院即是首都图书馆的所在地（1957年首都图书馆正式迁入，2001年已迁出至东南三环），也是国子监主要建筑群的所在之地。首先映入眼帘的是一座漂亮的琉璃牌坊，黄色的琉璃瓦架以绿色的琉璃斗拱，再配上高大的红色门洞，非常有气势。牌坊的南面上写"圜桥教泽"，北面为"学海节观"，是乾隆皇帝的手书，不仅坊额为乾隆皇帝御笔亲题，就连这座牌坊也是按他的特别指示所建，而且这还是北京尚存唯一一座为纪念教育事业而建的牌坊。

下马石

乾隆爷修辟雍

　　穿过琉璃牌坊就能看到国子监中的最核心的宫殿式建筑物——辟雍。这是一座四周环水的重檐四角攒尖式宫殿，黄色琉璃瓦覆顶，铜质镏金宝顶在阳光的照射下发出耀眼的光芒。国子监的辟雍并非是一开始就有的建筑，其从无到有还历经了一段曲折。清乾隆三年（1738年），刚登基不久的乾隆皇帝就到国子监临雍讲学，但那次设在彝伦堂内规模宏大的讲学活动，并没有让他觉得满意，因为太学内没有辟雍。他说："太学之有辟雍，古之制也；有国学而无辟雍，名实不符。太学在京师，万民所敬仰，其制不可不备。"清乾隆三十三年（1768年），乾隆皇帝借维修孔庙的机会，重提在太学内修辟雍之事，却遭到了户部和礼部的强烈反对。直到清乾隆四十八年（1783年），已经72岁的乾隆皇帝才力排众议决定在太学内修建辟雍。最后，这座建筑在乾隆皇帝的亲自督导下，仅用了11个月左右就竣工了。

　　建成后的这座大殿高达22.44米，面阔16.96米，坐落于圆形水池之上，四周均设有石桥可以通达辟雍四门。这种外圆内方、四周环水的布局，既满足了乾隆皇帝要求仿周朝旧制，又满足了他设想的"池圆象德圆，殿方象行方，是体天地之撰，立规矩之极也；环以水，达以桥，则合乎水圆如璧之说；丽以穹宇，门辟以四门，则合科王邑泽宫之说"的需要。

　　据说，辟雍在设计之初为全木制榫卯结构，出于安全的考虑，在原设计方案中提出要在殿内加上四根通顶的"钻金柱"进行加固，但工程预算便要大大增加。当这份工程预算报到户部尚书和珅那里时，为了节省预算，他提出采用"抹角架梁"的方法，不仅为朝廷节省了白银四千四百多两，而且还扩大了宫殿的使用空间。

走进辟雍殿内，便见脚下这种温润似墨玉，泛着油光的方砖。它就是传说中的"金砖"。这种专为皇宫烧制的"特供砖"，质地细密，敲之若金属铿然有声，因此多被用于重要的宫殿之内，如故宫的"三大殿"用的就是这种"金砖"。

大殿的穹顶彩绘使用的也是最高等级——金龙和玺彩画，室内的天花、廊下的天花也都绘有金龙，可见辟雍规格之高。殿内所有的门、窗均可拆卸，这都是为了皇帝临雍讲学时，声音能传递向四面八方而设计的。

清乾隆五十年（1785年）春天，临雍讲学作为庆祝乾隆皇帝登基五十周年重要活动之一，举办了盛大的讲学典礼。讲学当天，国子监祭酒（相当于现在的大学校长）率全体师生于成贤街西口恭迎圣驾，乾隆皇帝到后升座辟雍准备讲学，但对于一个已经古稀的老人来说，在没有扩音设备的条件下很难完成，因此乾隆皇帝便任命大学士伯伍弥泰、蔡新和祭酒觉罗吉善、邹奕孝为临雍讲官，以《大学》的"为人君，止于仁；为人臣，止于敬；为人子，止于孝；为人父，止于慈；与国人交，止于信"和《易经》的"天行健，君子以自强不息"为题，为官员和学生讲解。据记载，这次临雍讲学，仅听讲的学生就有三千零八十八人，再加上各级官员、朝鲜使臣等，总人数不下四五千人。

除了乾隆皇帝，嘉庆皇帝、道光皇帝、咸丰皇帝也都临雍讲过

学，在大殿内还都悬挂着这几位皇帝御赐的匾额。在大殿北面悬挂着乾隆皇帝临雍讲学后，为辟雍亲题的额匾"雅涵於乐"和楹联"金元明宅于兹，天邑万年今大备""虞夏殷阙有间，周京四学古堪寻"。南面为道光皇帝所题的"涵泳圣涯"和楹联"绳武肆隆仪，仰礼乐诗书，制犹丰镐""观文敷雅化，勖子臣弟友，责在师儒"。东面是咸丰皇帝所书的"万流仰镜"，西边还留着一块空地，本是留给同治皇帝的，但由于同治皇帝早亡，清朝国力逐渐衰败，从此再也没有皇帝临雍讲过学，所以咸丰皇帝成了最后一位临雍讲学的皇帝。现在在"雅涵於乐"的额匾下摆放着皇帝讲课时所用的龙屏、御书案，金銮宝座和宝座前讲学官的几榻，正是还原了乾隆皇帝讲学时的场景，而那把金碧辉煌的宝座也正是乾隆皇帝当年所用之物。

　　要问我为什么这样熟悉这里，因为这儿就是我当年工作的地点，那时刚刚毕业的我被分配到了太学组里，主要负责辟雍大殿的讲解工作，每天迎来送往许多前来参观的游客。当时大殿里还展出了不少与科举考试相关的珍贵文物，如科考时举子们夹带的作弊小条，不仅有普通小条样式的，还有书本样式的，更有甚者是一件写得密密麻麻的贴身衫衣；同时展出的还有"金榜题名"的金榜，所谓的金榜其实就是一张写满了考试名次的长卷，但为了能使自己的姓名出现在这张纸上，不知道有多少读书人花费了毕生的精力；除此以外，还展出了一些得中状元、榜眼、探花的匾额和关于文曲星、魁星点斗的传说。

　　这座大殿还有一个非常奇特的特点，就是虽然四周环水，但在夏天却从来没有蚊虫，而且异常的凉爽，听老师们讲，这是因为殿内有楠木的关系，虽不知真假，但我在这里时确实没被蚊虫滋扰过。

彝伦堂和东西六堂

在辟雍大殿的北面，就是彝伦堂的所在地。它是元代崇文阁的旧址，后来明永乐皇帝将它拆除，改为现在的彝伦堂。它面阔七间，进深三间，堂前有露台，东南设有日晷。在没有建造辟雍之前，彝伦堂就是国子监的主要建筑，皇帝每次讲学就在这里设座，辟雍建好后，它仍然发挥着朝参、会讲、宴请等诸多功能。首都图书馆在时，这里是综合性阅览室，立在彝伦堂下的孔圣人总是和蔼地看着每一位前来学习、读书的人们。塑像两旁各有一株海棠树，到了四五月份海棠花怒放的时节，透过阅览室的碧纱窗向外望去，两株白衣胜雪的海棠树宛若天上仙子，春风轻拂，海棠花瓣随之飘舞，那才真叫一个美呢！

辟雍东西两侧的檐廊下共有三十三间房，称为六堂，是古代贡生、监生们的教室，东边为率性、诚信、崇志三堂，西为修道、正义、广业三堂，两两相对。首都图书馆还在国子监时，这六堂分别为地方文献中心、报刊中心、古籍部、采编中心等的所在地。在东西六堂的北端还各有一处独立的房间，东侧的为绳愆厅，西侧的为博士厅。先说说绳愆厅，这里是监丞的办公室。监丞是执掌监规、考勤、教学质量等所有规章制度的官员，相当于现在的教导主任，虽为六品官员，但权力却大得很，上自教职员工下到学生，他都有权力责罚，打手心、挨板子也都只凭监丞一句话，所以在监生中流传着："监丞一声吼，鞭落知多少。"与绳愆厅相对的是博士厅，这里是负责教学

辟雍大殿内部——讲学场景

工作博士的办公室。古代的博士与现在的博士有所不同，博士原为先秦学术顾问的官称，汉代设立太学后，教学工作就由博士担任，后沿用其名。国子监的博士就相当于现在的大学教授。元代设正七品博士一职，共两人；明代博士按经设置，五经各一人，共五名；清设满、汉博士各一名，从七品。

敬一亭和琉球学馆

彝伦堂的左右各有一个角门，穿过角门就来到了第三道院，这是一处由红墙围绕的封门式院落，正门是敬一门，旁边还各有一门。门内建有敬一亭，虽说叫"亭"，但却是一处面阔五间的殿堂式建筑。此处是为了存放明嘉靖五年（1526年）皇帝所颁的《敬一箴》而添建的。明嘉靖七年（1528年）敬一亭竣工时，除了在亭内放入《敬一箴》，还将嘉靖皇帝的"六箴"碑也立于其内。清初，亭内又增加了刻有康熙皇帝所写《御制训饬士子文》的石碑和刻有"嵩高竣极""灵窦安澜""功存河洛""昌明仁义"等榜书的四座石碑。我也曾在这个小院里工作过，但这些石碑我却从来没见过。而图书馆的"老人儿们"也都管这儿叫"后九间"，具体为什么是九间，我也不知道，只是敬一亭那时已成为重要的基藏书库，高大的房间被隔为两层，当时图书馆的库本书全部存于此处，院内的东侧还有一株核桃树，站在古籍平装书库的平台上，抬手就能摘到嫩绿嫩绿的鲜核桃。小院自成一体，古树森森，环境优雅，经常会看到站在古柏上的猫头鹰，我想在如此繁华喧嚣的都市中看到这个景象，也是一件非常稀奇有趣的事吧。

在敬一亭小院的左边原有一处院落，它就是琉球学馆的所在地。这处学馆虽然没有保留原貌，但对于我们每一位在这里工作过的人来说，它却是如雷贯耳。在封建王朝时期，国子监是唯一可以接纳外国留学生的大学。在历国来朝的当时，各国各地区纷纷派遣学生来中国留学，其中派遣人数最多的当数古琉球王国了。从明初到明万历八年（1580年）止，来华学习的琉球学生就有十六批之多，他们的学习和生活费均由国子监负责。清朝对琉球留学生更是关爱有加，不仅吃喝穿戴全由政府供应，就连归国时礼部还设宴欢送并赠予礼品，直到清同治年间还有琉球学生到国子监学习。

国子监里的故事

国子监内最多的东西应是树，各式各样的树，主要以槐柏为多。在彝伦堂西讲堂前，有一株被黄琉璃瓦矮墙围起来的古槐，老槐虽虬曲沧桑，但却依然枝繁叶茂。相传这是元朝大学者，也是当时国子监祭酒许衡亲手所植。清乾隆十六年（1751年），适逢崇庆皇太后六十大寿，这棵老槐突然枯而复荣，怒发新芽，大学士蒋溥将此事绘成图画呈献给乾隆皇帝阅览，乾隆皇帝大喜，为此还题诗一首："黉宫嘉荫树，遗迹缅前贤。初植至元岁，重荣辛未年。奇同曲阜桧，灵纪易林乾。徵瑞作人化，符祥介寿筵。乔柯应芹藻，翠叶润觚编。右相非夸绘，由来事可传。"清乾隆二十四年（1759年），吏部左侍郎董邦达奏请将题有乾隆诗句的这幅图刻到石碑上，十一月石碑刻好后立于西讲堂之内，现存放于孔庙碑林之内。

在西檐廊的修道堂前，还有株古槐叫罗锅槐，它向东边扭曲着粗大的枝干，茂盛的枝芽也全部扭向辟雍水池的一侧，远远望去就像一位驼了背的老人，但它的得名并不是因为这个原因，而是与刘墉有关。

相传辟雍大殿建成后，乾隆皇帝率群臣临雍视检，见到这棵弯曲得像罗锅一样的槐树时，就问随行的大臣："你们看这棵树长得像谁？"当时主管辟雍修建工程的正是工部尚书兼国子监祭酒刘墉，他虽才高八斗，机智风趣，却是一位罗锅。群臣明知皇帝所说的是刘墉，但谁也不好点破，都含笑不答。乾隆皇帝平日总受刘墉挤对，觉

罗锅槐

得刘墉一肚子"坏水",而且老觉着他那点"坏水"都存在"罗锅"里,正好"罗锅槐"的谐音是"罗锅坏",乾隆皇帝灵机一动,不如借机将这个"坏罗锅"给砍了,于是他指着大槐树说:"罗锅失雅,砍去修直。"如今,在树的阴面仿佛仍能看到削砍的痕迹,慢慢地此树就被称为罗锅槐了。

在辟雍和琉璃牌坊之间,有几棵高大的柿子树,每到秋天都会结出黄澄澄的柿子而且产量颇丰。柿子非常甜,而且每个都有小饭碗大小,吃上一个又解渴又解馋。但最爱吃柿子的应数喜鹊了,它们总是从柿子底部掏着吃,所以被喜鹊吃过后的柿子从外观看是完好无损的。不过这种空柿子却是最先坠落的,为了躲避这种"空头炮弹"的"偷袭",我们总是绕着路走,当时觉得不胜其烦,但现在想来却是一种乐趣。

国子监里最多的就是松树和柏树,因此松塔儿也到处都是,这便吸引了小松鼠的光临,到了深秋,我们就经常看到小松鼠举着高高的尾巴,嘴里衔着松塔儿蹿房越脊地跑来跑去,原来它们正为了"冬储粮"而忙碌着,但由于它们的记忆力实在是差,刚刚藏好的粮食就忘了,所以此时它们便成了国子监里"最忙碌"的人!

坐落在泮水池上的辟雍风景优美,古树环绕,波光粼粼。为了优化环境我们还在水池里饲养了各色的金鱼。一天早上我们刚来上班,就发现水池中多了一只小麻鸭,鸭子优哉游哉地在水中清理羽毛,嬉戏玩耍,为古色古香的辟雍增添了一份生机,从此我们太学组又多了一个任务——养鸭子。小鸭子在我们精心的照料下成长得很快,不久就与我们熟悉起来,只要见到我们过来就主动地跟着我们走,周围的

琉璃牌坊（新）

老邻居们听说此事后，都前来观看这只自己飞来的野鸭子，后来竟还有一位老邻居买了一只小白鸭送来与小麻鸭做伴，这一灰一白两只鸭子每日畅游在水池之中，不仅吸引了大批前来参观的读者，而且它们也成为国子监中唯一不拿工资的"正式员工"。

国子监作为元、明、清三代国家设立的最高学府和教育管理机构，曾培养了许多大学者，如明朝万历年间的首辅张居正，明末的大书画家董其昌都曾为国子监的司业，清初的大戏剧家洪升和孔尚任，康熙年间的理学大师熊赐履，另外还有《四库全书》的总纂官纪昀，光绪皇帝的老师翁同龢都曾是国子监的祭酒。它不仅接纳国内学生，

同时还接待外国留学生，为弘扬中国文化起到了促进作用。2008年，北京市政府斥巨资对其进行大规模修缮，将国子监与孔庙合为一处改为博物馆，复原了"左庙右学"的古制，展现了中国教育文化的博大精深，对弘扬传统文化，传承国学起着积极的作用。虽然记忆中的国子监远没有现在这样漂亮完整，但我仍深深地怀念那个时候的它！

积水潭·后门桥·镇水兽

积水潭的形成

七八月里的什刹海有着一年当中最美的光景，碧波荡漾，垂柳依依，千顷荷田上，绽放着朵朵粉红色的荷花，微风拂过，幽香入鼻，晴空万里便见远山如黛，燕京小八景之一的"银锭观山"说的就是此景。这一带风景优美，交通便利，在古代不仅是权贵的聚居之所，也是众多寺观的汇集之地。据文献记载，这里曾有寺观祠庙一百余处。就连什刹海这个名字，有一种说法是认为因周围有十座古刹而得名。元朝时期的什刹海远比现在要大得多也热闹得多，作为积水潭的一部分，它见证了当时漕运的兴盛景象。积水潭，可不是我们现在所说的后三海之一的西海（积水潭），它在金朝时曾叫白莲潭，是永定河的故道。这片水域广阔的天然湖泊在修建元大都时，其南一部分被截入皇城之内，称为太液池，而在皇城之外的北端水域，就称为积水潭，又称海子、玄武池。这一段水域大体就是今天什刹海所在的位置，因此，至今仍能听到老北京人叫什刹海为"海子"。

位于地安门大街中部有一座石桥，大名叫万宁桥，但人们习惯称它为"后门桥"。因为在清朝的时候，地安门俗称后门，这座对着后门的桥也就被称为后门桥。但此桥的历史可不是从清朝开始的，它从元朝的时候就已经开始谱写自己的历史了。

第二辑 老街旧景

133

元世祖忽必烈定都北京后，为了缓解粮食供应紧缺的问题，利用京杭大运河把南方的粮食运往北京，但因大都城内没有运河，所以所有进京船只行至通州后，只能改为陆运，陆运不仅时间长、路途远，而且费用高得惊人，仅车马运输费每年就高达六万缗（一缗相当于一千钱），这对于政府来说是一笔不小的开支。水利学家郭守敬为了解决这个难题，走遍了北京大大小小的山峦，终于发现了昌平龙山下的白浮泉水量很大，于是他将白浮诸泉引入大都城西门水关，积水潭得到扩充后，潭水顺东南流入南水门，最后汇入通州段的京杭大运河。这段由积水潭到通州的水系就是我们至今仍在使用的通惠河，而万宁桥则成为通惠河上的重要枢纽。在万宁桥西还有座重要的水闸——澄清闸，通过控制此闸调节水量，保证漕运船只顺利抵达京杭大运河北端的终点码头——积水潭。

万宁桥的故事

万宁桥位于大都的中心位置，向北是钟鼓二楼，向南是皇宫内苑，向西则是积水潭。通惠河开通后，南来北往的商人云集于此，他们带来了全国各地的珍奇物品，慢慢地这里成了重要的商业贸易中心，无论是普通百姓还是达官贵人都喜欢到这里购物娱乐。酒楼商铺林立、勾栏瓦肆鳞次栉比，歌舞杂耍引人驻足，桥上是"东风十里酒旗新"，而桥下更是热闹繁忙，十里烟波的海子里停满了出港或进港的船只，一眼望去真是"扬波之橹，多于东溟之鱼"，码头上装卸货

万宁桥

物的人也是熙熙攘攘，川流不息。尤其是到了每年的六月，皇家象队就从距万宁桥不远的象房，到积水潭内洗澡降温，届时，百姓们都挤到桥上观看这种瑞兽沐浴，元代诗人宋褧写的《过海子观浴象诗》中，有"四蹄如柱鼻垂云，踏碎春泥乱水纹"的诗句，形象地描绘了当时大象在海子内洗澡时的情景。

　　明太祖朱元璋建都南京后，大都逐渐失去了往日的光彩，尤其是随着对北平城的改建，积水潭的水被隔为皇城内、皇城外两段，加之明朝经济中心的南移，疏于对通惠河的管理，使积水潭的面积大大地缩减。明永乐元年（1403年），明成祖朱棣在南京称帝，决定定都北平，改北平为北京，明永乐四年（1406年），开始重建北京城及宫殿，明永乐十九年（1421年）正式迁都北京。在此期间，北京城又进行了大规模的改建，随之改变的还有京城水系的走向。首先是新建都

135

什刹海（一）

城的南墙，将文明门（元人都的东南门）外的一段通惠河圈入了北京城内；其次在营建皇城时，又将原太液池的南端打开，建成一座新湖，称为南海。后明宣德七年（1432年），又将皇城东墙向东移动，把原在大都皇城外的另一段通惠河也圈入了皇城之内。北京城经过多年的修造营建，在明嘉靖三十二年（1553年）终于形成了，就是我们今天所看到的"凸"字形轮廓。而元代开发的白浮堰却因"有伤皇家风水地脉"而被完全废弃，积水潭也因得不到上游水系的充分供养，水量越来越小，从而结束了它作为京杭大运河终点码头的功能。虽然这里再也看不到"舳舻蔽水"的盛大景象，但却为京城增添了一个游憩泛舟的好去处，而这片风景秀美的湖区除了沿袭原有的积水潭、海子等名称外，又有了西涯、后湖、什刹海、莲花池、净业寺湖等新的叫法。位于什刹海上的万宁桥虽不再是通惠河上的交通要道，但仍是京城中重要的地段。因为万宁桥与南边的正阳门桥正好连成了一条贯穿京城的中轴线皇城部分的南北两端。

从清朝到民国，什刹海地区没有较大的变化，依旧是人们消暑纳凉、赏景相聚的首选之地。这里不仅风光秀丽而且还野趣十足，宽阔的水塘里种满了荷花、菱角、鸡头米、水稻等，湖边浅塘里的苇子都连成一片，到了深秋时节，大有"枫叶荻花秋瑟瑟"的意境，湖面上掠过的点点银光，正是捕食水鸟远去的身影，这片静谧的湖水成了京城中难得的清幽之所。寺庙梵宇、私人别墅、王府名园也都沿岸而立，像广化寺、火神庙、净业寺、广福观、恭王府、醇亲王府、涛贝勒府、漫园、鉴园、盛园等都环其左右，而周围的几条街市也都发展成了商业街；烤肉季、会贤堂、庆云楼等这些京城内首屈一指的大饭

什刹海（二）

庄也都在其周围。而万宁桥则正好处于什刹海的中心地带，北望是巍峨壮观的鼓钟楼，南观是庄严气派的皇城后门——地安门，向东不远就是老百姓的乐园——荷花市场，万宁桥上行人来来往往，仿佛又重现了昔日漕运时的辉煌。

20世纪80年代，我就在万宁桥旁边的幼儿园里上学，所以对这座桥的印象特别的深刻。这是一座不长的石桥，整体呈青灰色，桥栏和桥柱因年代久远而风化严重，桥面不宽，但永远是自行车、公交车和行人交织拥挤在一起走，桥的两端有许多商铺。我记忆最深的就是桥北一家门脸不大的书店，因为店堂位置稍有低洼，所以屋内采光并不是很好，一进门的大桌子上，总是整整齐齐地码放着各种图书，环墙

而立的书架里也摆满了各式的书籍，就连墙根儿上的犄角旮旯里也堆满了书，小店里总是有二三人在挑书，对于那些爱书的人来说，这里就是"天堂"，但对于当时只能看图的我来说，最吸引我的却是书店中那股飘着的霉味中夹杂着油墨书香的味道。十多年后，当我和同学骑着自行车到什刹海周围来玩，路过万宁桥的时候，发现万宁桥上东西两侧都已竖起了巨型广告牌，它们用庞大的身躯为身后的违章建筑遮着羞，而石桥也是越来越破，桥身被风雨侵蚀得更加斑驳，不少开裂的桥栏就东倒西歪地躺在那儿。整条地安门大街上做买卖的店铺也是越来越多，卖衣服的、卖炸鸡腿的、卖磁带的、卖小吃的……吆喝声、流行乐声和汽车喇叭声不绝于耳，各种美食的味道与汽车尾气混合在一起充斥在空气中，这一切都告诉人们这里依如往昔的繁华兴盛，但这繁华中却透着一种杂乱无章的浮躁。

镇水石兽的重现

1999年6月，在北京史专家侯仁之等先生们的大力呼吁下，政府决定对这座京城中轴线上的重要标志进行了大规模的整修，不仅拆除了桥东西两侧的广告牌和河道上的房屋，而且还将暗沟改为明渠，恢复了两侧水面。在清理河道沉积多年的淤泥时，意外清理出几尊镇水石兽。它们叫霸下，是龙的九子之一，因好水，所以经常会在桥洞中央或宫殿排水口处看到它们龙嘴大张的样子，而这次出土的几只霸下却是难得的"全身像"，它们有着龙头、龙角、龙身、龙爪，全身覆

镇水兽

鳞，身上还环有云纹、水纹、旋涡、波浪等图案。2000年年底，万宁桥的修复工程完工，经修复后的万宁桥基本恢复了清代以前的原貌。新建的石栏和望柱添补在古桥原件之中，虽说新旧程度有着明显差异，但古朴的建筑风格却与老桥相得益彰，这座经历数百年的古桥，用崭新的面孔谱写着古老生命的辉煌。恢复河道后，为了重现昔日万宁桥周边的美景，特意将前海的湖水引过石桥，今日可见波光粼粼的湖水衬着两岸整齐宽阔的河堤，显得格外的美丽幽静，几只镇水兽静静地趴在泊岸之上，看着向东逝去的清流，一如往昔。这几只出土的石雕霸下不仅是难得的艺术珍品，而且还是测量河水深浅的标尺，我们现在看到的是六只镇水兽，但其实应该是八只。这八只分别位于不同的地方，其中桥拱中央两侧各有一只，桥东南北河岸各有一只，

万宁桥到东不压桥之间的水道

而桥西南北河岸还各有两只，但在桥的西岸，人们经常看到只有一对爪抱水花、侧着头顽皮地向下看的镇水兽，那另外两只去哪儿了呢？其实秘密就在桥西南北河岸可见的那两只石兽向下看的水里，原来在对应的水下还各雕有一颗龙珠及另一只向上看的石兽，只要是河水充足，这颗龙珠和镇水兽就被淹在水中，因此很少有人看到这幅"二龙戏珠"的场景。而桥的东侧南北岸上的这一组镇水兽也很宝贵，尤其是北岸的这一只尤为珍贵。这是一只元朝（元至元四年九月）雕刻的霸下，造型古朴苍劲，长约1.8米，宽0.6米，通体成墨色，嘴下有须，四肢及尾部有鳞，但头上无角，可惜面部因风化严重而看不出原来的样貌了。南岸这只镇水兽尺寸略大于北岸的，它面目狰狞，鼻阔嘴方，头上带角，身披鳞甲，威风凛凛地盯着水面。这些石兽除一只是元代的，其余都是明代重修万宁桥时后添补上的，它们的出土，对于我们研究万宁桥的历史及京城水系都有很大的参考价值。2002年的6月，北京市政府又对万宁桥西岸上的千年古刹火神庙开始修缮；2009年5月，玉河历史文化保护工程正式开工，恢复了由万宁桥至东不压桥长约480米的玉河北段的水道。

如今，古老的万宁桥又焕发了新的青春，桥西是京城内最著名的火神庙，在经历了数年的修整后，2010年正式对外开放。维修后的火神庙保留了明清的建筑风格，庙虽不大但也精致小巧，这座红墙绿瓦的古刹掩映在一片水光云影之中，一动一静别有韵味，桥东则是恢复后的玉河北段，潺潺碧波顺流而下，为了使玉河风貌更加完整，沿岸还新建了水榭、曲桥、栈道、挑台和四合院等，重现了消失七百余年的"水穿街巷"的历史景观。

闲话东苑·南内·皇史宬

在北京的东长安街上有一座红色的三孔式券门建筑，上雕着"南池子"三个大字。它左通天安门，右达王府井，是接连此处交通的"要塞"，而且还是这一片繁华之所内少有的清静之地。进入门洞内，便见安静整齐的四合院、悠长曲折的老胡同、雄伟的宫墙，以及不经意间就能瞥见的角楼，它们都掩映在一片浓绿的树荫之中，阳光透过叶子洒下金黄色的光晕，圈圈点点。这不仅是光和影的交织，更是时间的印记，隐约间向世人述说着昔日的辉煌。

南池子这一带，明初曾是皇家园林——东苑。虽然是皇宫禁地，但这里四时的田园风光，却与恢宏精致的宫殿风格截然不同。明永乐十一年（1413年）的端午，明成祖朱棣率领群臣到此游览，观赏击球射柳。明宣宗朱瞻基也曾召大臣蹇义、夏原吉、杨士奇、杨荣等同游东苑。这里草轩竹篱、荆扉柴门、小桥流水、花畦分列，恬淡的农家景象，都给许多皇帝带来了美好的回忆，然而这里对有一个皇帝却是一处生死之所。

他就是明英宗朱祁镇，明宣宗的儿子。"土木堡之变"的亲历者，也是历史上少有的被外族掳走又活着回来，并且还能复辟成功的皇帝。这位皇帝的一生真可谓是个传奇。蒙古瓦剌首领将战败后的明英宗掳走，本以为可以挟天子以令诸侯，但万没想到明朝政府不吃这套，转手就把江山送给其弟明代宗朱祁钰。瓦剌人手中的真龙天子，突然间变成了前朝的"太上皇",他们真是哑巴吃黄连——有苦说不出,于是找了个理由就把这块烫手山芋又扔回了明朝。代宗朱祁钰自从得知哥哥要还朝后,再也没睡过一个踏实觉,唯恐大权不保。而千里之外的明英宗却满心期待着新生活的开始,他哪里会想到真正苦难的日子才刚刚开始。

从大漠赶回京城的英宗,连紫禁城的门都没进去,就直接被软禁在与大内只有一墙之隔的东苑里,此时的东苑早已没有了旧日的光彩,残垣断壁,冷冷清清无人过问。破旧的崇质宫(英宗复辟后,被称为南内或小南城)便成了东苑内囚禁英宗最好的选择。虽然代宗没有像他的先祖朱元璋、朱棣那样,把对他有威胁的人赶尽杀绝,但取而代之的是严密的看守。代宗下旨将英宗所居之地的宫墙全部加高,墙边的大树也全都砍掉,就连宫门的锁也用铁水灌死,对于已经失去人身自由的英宗,生命自然没有保障,不仅如此,每日的三餐也成了大问题。给他送饭的下人随意地克扣餐食,因此英宗常常食不饱腹。英宗的正宫娘娘——钱皇后,为了让日子好过一些,还要时常托人将自己所做的女红变卖补贴开销。这样的日子一过就是七年。

直到明景泰八年(1457年)的正月,代宗病重,太监曹吉祥,大臣石亨、张轨、徐有贞等人瞅准这个升官发财的好机会,密谋发动政变,拥护英宗重登大宝。十六日晚,石亨、徐有贞、张轨等人趁着月色率兵冲进南内。不想南内的宫门被加固得坚不可摧,徐有贞等人只得命人取来巨木撞击城门,又让勇士翻墙而入与外面的士兵里应外合,这才毁墙破门进入了南内,把里面的英宗营救出来。徐有贞将英宗迎上玉辇,由东华门送入大内,升奉天殿(故宫内的太和殿前

身），宫内钟鼓齐鸣。第二天，文武百官前来上朝时，方知英宗已经复位，改年号天顺。

复辟成功的英宗，历经了人间的冷暖，性格上也有了很大的改变，开始知人善用，启用贤能，对穷苦百姓的生活也有了更多的体恤，还废除了帝王死后嫔妃殉葬的残酷制度，展现出一代英主应有的风采。他对曾经囚禁过他的小南城也充满了留恋，因爱其幽静，复位后仍多次前往。明天顺三年（1459年）四月，英宗下旨在南内新增宫殿，同年十一月南内离宫建成。扩建后的南内增建了多处的宫殿，而且每个建筑群都别具特色，在明人笔记《涌幢小品》中有具体的记载："东为离宫者五，大门西向，中门及殿皆南向，每宫殿后一小池跨以桥。池之前后为石坛者四，植以栝松。最后一殿供佛甚奇古，左右围廊与后殿相接。其制一律，想仿大内式为之。太祖钦定，所谓尽去雕镂存朴素者。"这里面所指的东，就是现在位于南池子大街以东，南河沿大街以西，东华门大街以南，菖蒲河以北的那块地方。而在现在南池大街以西，太庙东墙根儿以东的那块地方，同样也新建了一组宫殿。这组宫殿无论是主建筑，还是用以配套的亭、台、楼、阁都一样的精美绝伦，《日下旧闻考》中有翔实的记载："其正殿曰龙德，左右曰崇仁、曰广智，其门南曰丹凤、东曰苍龙，正殿之后凿石为桥，桥南北表以牌楼，曰飞虹、曰戴鳌，左右有亭，曰天光、曰云影，其后垒石为山，曰秀岩，山上正中为圆殿，曰乾运，其东西有亭，曰凌云、曰御风，其后殿曰永明，门曰佳丽，又其后为圆殿一，引水环之曰环碧，其门曰静芳、曰瑞光，别有馆曰嘉乐、曰昭融，有阁跨河曰澄辉，皆极华丽，至是俱成，后有杂植四方所贡奇花异木于其中，每春暖花开命中贵陪内阁儒臣赏宴。"明天顺八年（1464年）正月，明英宗驾崩，前后两次登基共在位二十二年，享年三十八岁，在一片哭声中，他走完了短暂却又坎坷的一生。而小南城仍继续着它平静美好的岁月。

几十年后，当小南城又一次进入人们的视野时，恰巧也是因为一位皇帝。他就是嘉靖皇帝朱厚熜。本来只是藩王的他，却因无子的堂兄明武宗朱厚照的突然离世而继承了明朝的大统。登基之初，他因要追尊其生父朱佑杬为皇帝的问题，与群臣发生了激烈的争执，这一场旷日持久的"大礼议"之争，也成为明朝中叶著名的案件。嘉靖三年（1524年），明世宗朱厚熜在皇权已经很稳固的情况下，提出为其亲生父母加封"皇"字，消息一经传开，朝廷中就引起了轩然大波，以张璁为首支持皇帝的"议礼派"和以杨廷和为首的"反对派"争得不可开交，最终在双方的互相让步中，世宗才勉强同意尊其生父为"本生皇考恭穆献皇帝"，母亲为"本生圣母章圣皇太后"。明嘉靖四年（1525年）的六月，世宗下旨在靠近太庙附近的南内中，为其父立一座"世庙"。为了能让其父正大光明地进入祖宗的宗庙——太庙内享受祭祀，世宗先借口说献皇帝神位安奉在奉先殿内不方便大臣拜祭，因此要将其父神位迁出大内，此时如果要说直接迁入太庙之内，肯定会遭到大臣们的激烈反对，因此，世宗想要建独立的享庙的主意，并无理由反对的大臣们只好同意皇帝的主意。世宗将享庙的新址选在太庙右侧的南内中，这一招实在很高明，表面上看不出任何不妥，但却为其父最终进入太庙埋下了伏笔。建好的世庙规模虽比太庙小，但前殿后寝的规制和祭祀的礼仪却与太庙相同，特别的是世宗还提到新

建好的世庙要与太庙走同门同神路，也就是说如果要祭祀献皇帝不但要从太庙正门进入而且连神路也走相同的，当然此话一出就遭到了大臣们的反对，在大臣们的据理力争和世宗的强烈坚持下，只好各退一步，同意祭祀世庙时，走太庙的正门。明嘉靖五年（1526年）七月，世庙终于建成，世宗举行了隆重的迎接献皇帝神位到南内的典礼，并在以后的每年里都举行盛大的祭祀活动。明嘉靖十四年（1535年）正月，世宗下旨改建世庙，由原先东北方改建到东南方。明嘉靖十五年（1536年）十月，修好后的世庙更名为献皇帝庙，与九庙并列。明嘉靖十七年（1538年）九月追尊其父庙号"睿宗"，改庙题为睿宗庙。明嘉靖二十四（1545年）七月，世宗趁新太庙建成之际，重提庙制为同堂异室制，终将其父朱佑杬以睿宗身份入祔太庙之内。到此为止，这场从正德十六年（1521年）开始一直延续到嘉靖二十四年（1545年）的"大礼议"之争，终以皇帝的胜利缓缓落下帷幕。

而小南城并没有因为睿宗的"搬家"而沉寂下去，明嘉靖四十四年（1565年），南内的睿宗庙的东柱上，突然长出一株金色的灵芝，世宗大喜，改睿宗庙为玉芝宫，还将之前停止的祭祀全部恢复，不但每日供膳，而且四时岁暮大小节辰的祭祀礼仪及物品与太庙完全相同，除了不用祝文乐歌等，可以说规格极高。

北京的四坛与皇史宬

如果要问四方游客什么建筑物最能代表北京，我想除了气势恢宏的紫禁城外当数北京大大小小的坛庙了。而在这些坛庙之中有几处却是因"大礼议"之争而始建的。世宗登基后，一直想让其父称宗祔庙，但却遭到了大臣们的强烈反对，为了找到合适的理由，世宗便对明堂礼制、庙制，大祀的郊祀礼仪产生了浓厚的兴趣，明嘉靖九年（1530年），世宗提出要天地分祀，方案提出后就引起了大讨论。众多朝臣认为合祀制度是由祖宗制定，沿用了一百多年岂能说改就改，少数拥皇派却找到《周礼》中的有分祀天地的古礼记载，因此在数月之久的艰难讨论后，最终以分祀取得了胜利。于是，皇帝下旨在南郊天地坛处建圜丘，祭天；安定门外建方泽坛，祭地。在朝阳门外建朝日坛，祭日；阜成门外建夕月坛，祭夜明神和天上诸星神。经过岁月的变迁，这些坛庙便成了今日的天坛、地坛、日坛、月坛。

同样是世宗，他为了收藏自家列祖列宗的御像、宝训、玉牒、实录等文献，于明嘉靖十三年（1534年）下旨修建皇史宬，经大臣张经孚等建议，将地址选在离紫禁城不远的南内的重华殿西侧，这样不但方便查找，而且还可以减少珍贵典籍在途中所产生的损坏。明嘉靖十五年（1536年）七月，皇史宬建好，整座建筑为整石雕砌，采用的是古代的"石室金匮"法。世宗看后非常满意，便命人将"八庙、九帝宝训、实录、实本及列圣御容"放置于此。每年的农历六月初六是民间的晒书日，皇家也是如此。到了这天由晒晾司的专职人员在此负责晾晒重要典籍。特别值得一提的是，我国现留存于世的一部最大的类书《永乐大典》，便是当年世宗命人抄写并储于此而得以保存下来的唯一珍本。我们现在看到的皇史宬虽经后世的不断重整，但仍基本

保留着明朝时期的样貌，整座建筑占地八千多平方米，四周环以朱墙，由戍门、主殿、东西配殿、御碑亭等部分组成。主殿为整石雕砌，无梁无柱，面阔九间。殿内还砌有一个高约一米半、刻有海水游龙图案的汉白玉须弥座，上面置有150多个高1.31米、宽1.34米、厚0.71米外包铜皮的樟木大柜子，那些珍贵的皇家档案文献就安放其中。这种特殊的文献保护方法便是中国古代独有的"石室金匮"法，不仅防火、防潮、防虫、防霉，而且还能经受百年凄风苦雨的侵蚀。皇史宬的建成不仅将我国古代的档案库房建筑发挥到了极致，而且还彰显了老祖宗们的聪颖智慧和艺术特质。

作为离紫禁城最近的一个离宫，南内以幽静雅致的环境吸引着明朝各代皇帝到此休闲娱乐。当明朝覆灭后，南内大部分的建筑也随之消失了，唯有皇史宬因具有极佳的文献保护功能才侥幸遗留到现在。但它最终却没有逃出被居民私搭乱建的"魔掌"，这座挂着全国重点文物保护单位牌子的宏伟建筑，就那么憋屈地委身在层层叠叠的民居宿舍之中，只有最外面的那圈红墙和探出墙头的黄琉璃瓦，还努力地证明它作为皇家档案库的"贵族"身份。2019年，东城区的这处风景将有可能迎来新的"黎明"。

现如今，若想看明初时东苑的部分风景，倒可以去菖蒲河公园。菖蒲河在明朝时叫外金水河，它流经东苑内，因此东苑里有许多的石桥、水池和临水的景点，如"东苑小筑""天妃闸影""凌虚飞虹""红墙怀古"等几个景点，就是结合部分历史痕迹创造出来的。

菖蒲河内景

砖塔胡同与万松老人塔

西四地区，是北京著名的商圈之一，无论是过去还是现在，这里都是商贾云集的黄金地段。由北至南的大街两侧，林立着各式各样的大型百货商场、南北小吃和特色小店，除此之外这儿还分布着众多的名胜古迹。如建于金代的古刹广济寺，建于元代的妙应寺白塔，始建于清同治年间的北京市基督教第二大教堂——缸瓦市教堂以及万松老人塔等。尤其是坐落在西四南大街路口的万松老人塔更是别具特色，这座高约十六米的八角形密檐式砖塔，矗立在街边的一座小院内，跃出墙头的高大塔身，显得与周围繁华时尚的街景有些格格不入，但这并不妨碍它与生俱来的古典美。古塔因埋有元朝高僧万松行秀禅师的骨殖而得名，它屹立此地已有七百余年。时光不仅赋予了它厚重的历史感，还为它平添了一份历经世事变幻后的风轻云淡，因此经过这里的行人都会不自觉地多看上它几眼。而在它身后的砖塔胡同历史也非常古老。那我们就先来讲讲砖塔胡同的故事吧。

北京胡同之根——砖塔胡同

砖塔胡同，是一条东西走向的胡同，它东起西四南大街，西至太平桥大街，全长八百余米，宽四米，因胡同东口南侧的万松老人塔而得名。它名气之大，并不是因为万松老人塔，而是因为它的"唯一"。胡同，源于蒙古语，而胡同之称，始于元大都（北京）。据元人熊梦祥的《析津志》载，大都（北京）的城池街制："大街二十四步阔，小街十二步阔。三百八十四火巷，二十九衖通。"衖通，通胡同，这也就是说当时的北京城内只有二十九条胡同，而在这二十九条胡同之中，只有一条胡同有文字记载，即砖塔胡同。罗哲文先生也曾说："胡同一词，虽产生于大都，但其时只有二十九条胡同，而保存延续至今者仅砖塔胡同一条。可以说它是北京胡同之根。"在元人李好古的杂剧《沙门岛张生煮海》中，张生的书童问龙女的丫鬟梅香住址时，梅香说："你去兀那羊市角头砖塔儿胡同总铺门前来寻我。"剧中的"羊市角头"，即羊角市，也就是今天的西四；"砖塔儿胡同"即今天砖塔北侧的胡同。从元代到今天，七百多年的时间里，砖塔胡同不但没有因为时代的更迭而消逝，反而连名称都保存完好，这不得不说是北京胡同史上的一个奇迹。

现在的砖塔胡同内既有四合院、大杂院、20世纪50年代加盖的红砖宿舍楼、六七十年代的简易楼，也有80年代的商用楼以及现今的高档住宅小区。而在元、明、清三代时，砖塔胡同及其南面的口袋底、大院、小院、三道栅栏等胡同内，布满了勾栏瓦肆供人娱乐。尤其在元代，统治阶级对文人的压迫非常残酷，甚至在一开始取消了科举制度，持续时间长达七十八年之久。在此期间，许多饱读诗书的才子，不能通过读书考取功名，只能靠从事戏曲创作来谋生，因此也促成了元杂剧的快速成熟与发展，像关汉卿、王实甫、马致远、纪君祥等优秀的戏曲作家都是大都人，而珠帘秀、顺

时秀、天然秀、赛帘秀、玉莲儿等各具特色、独步舞台的著名演员也都在大都演出过。每到演出时分，砖塔胡同里的勾栏瓦肆就热闹非凡，锣鼓喧天，灯火通明，丝竹之声不绝于耳。《青楼集·志》载："内而京师，外而郡邑，皆有所谓勾栏者，辟优萃而隶乐，观者挥金与之"，由此可以看出当时全民娱乐的盛大景象，而《窦娥冤》《西厢记》《汉宫秋》《赵氏孤儿》等这些在戏曲文学史上大放异彩的杂剧，也都创作于这个时期。

到了近代，砖塔胡同里还住过两位大文人。一位是张恨水，另外一位是鲁迅。提到张恨水，人们很快就会想到他的《春明外史》《啼笑因缘》《金粉世家》等缠绵悱恻的爱情小说，这些小说不仅让张恨水一夜成名，也让他戴上"鸳鸯蝴蝶派"的帽子。其实不然，张恨水的作品中有相当大的部分是"抗战小说""国难小说"，如《热血之花》《东北四连长》《游击队》等，因此日本人便将他列入了文化界进步人士的不合作名单。他辗转逃到了大后方重庆，直到抗日战争胜利，才回到北平。1946年2月，张恨水担任了《新民报》副刊《北海》的主编，在西城购买了一所有三十多间房屋的大宅子，在这里他创作出了《巴山夜雨》《纸醉金迷》《五子登科》等揭露社会黑暗现象的现实主义小说。1949年6月，张恨水突发脑出血失去了生活来源，只好卖了原来的房子搬入了砖塔胡同43号（今为95号）。幸运的是他的身体逐渐好转起来，此后还陆续创作了《白蛇传》《孔雀东南飞》等作品，直到1967年，张恨水离世，他一直都居住在此。

鲁迅，20世纪中国文坛上的重要人物，不仅是中国现代小说、白话小说和近代文学的奠基人之一，还是新文化运动的领导人、左翼文化运动的支持者之一。但他与兄弟周作人失和一事，却成了文坛上的一桩公案，因此，也引出他搬到砖塔胡同的缘由。1923年7月，鲁迅因与兄弟周作人失和，由八道湾的住宅搬到了砖塔胡同61号（今为84号），在这里鲁迅仅住了九个多月，却创作出了《祝福》《在酒楼上》《幸福的家庭》《肥皂》等脍炙人口的名篇，还完成了《娜拉走后怎样》《未有天才之前》等著名讲演稿。

2002年，砖塔胡同开始由西口拆迁，后来在各方人士的建议下，拆迁的进程才暂缓了下来，非常遗憾的是位于西口处的张恨水故居已于2004年被拆除。2012年，一则砖塔胡同内的鲁迅故居将被拆除的新闻，又将"维修性拆除"名人故居的事推到了风口浪尖，在众多网友和有识之士的强烈呼吁下，鲁迅故居终于被保留了下来。不仅如此，"北京胡同之根"的砖塔胡同也被保留了下来。

万松老人塔

位于砖塔胡同东口路南的万松老人塔，是北京二环路内一座与僧人有关的塔，它的主人正是金末元初的高僧——万松行秀禅师。

行秀禅师，俗姓蔡，河南沁阳人。生于金大定六年（1166年），元定宗元年（1246年）圆寂。禅师十五岁在邢州（今河北邢台）净土寺出家，曾先后在燕京的潭柘寺、庆寿寺、万寿寺学习，后又在磁州（今河北磁县）大明寺得到雪岩慧满大师传授，并且受其衣钵成为

155

万松老人塔

曹洞宗鹿门自觉系的第十四代宗主。禅师学成后返回邢州的净土寺，并在其内建"万松轩"居住授课，因此世称"万松老人"。金明昌四年（1193年），应金章宗之召，入宫说法，金章宗大为称赞禅师的学识，并赐袈裟一领。金承安二年（1197年），他应诏住持仰山栖隐寺（今门头沟妙峰山樱桃树村），后又住持燕京内的报恩寺。1230年，他奉窝阔台诏住持万寿寺，后不久禅师便退居在报恩寺的从容庵内修行。万松老人门下弟子很多，著名的嗣法弟子有：嵩山少林寺的雪庭福裕禅师、大都报恩寺林泉从伦禅师以及在窝阔台即位后任中书令的耶律楚材、金朝著名的翰林李纯甫等居士。尤其是元朝重臣、契丹贵族后裔耶律楚材，他曾追随禅师学法三年，不仅在佛法上有很高的造诣，而且在生活上也非常俭朴，因此深受万松老人的喜爱。远在大漠的成吉思汗听说了耶律楚材的才识，将其招入麾下为自己效力。窝阔台即位后，任命他为中书令，在辅佐成吉思汗和窝阔台的三十年中，他做出了不少有利于社会发展的事情，这都与万松老人的教育分不开。禅师曾告诉过他从事政治要"以儒治国，以佛治心"，这八个字深刻地印记在他心中，因此他坚决反对蒙古人以屠城作为报复的手段。在他的力劝之下，窝阔台终于听取了他的意见，改变了这种野蛮的做法，才使中原千百万生灵免于涂炭。1246年4月5日，万松老人突然示疾。七日后，禅师写了一则偈语后圆寂，偈曰："八十一年，更无一语，珍重诸人，不须我举。"万松老人圆寂后，弟子们悲痛不已，纷纷起塔供奉。据史料载，行秀禅师的骨殖塔共有两处，一处就是今天西四路口处的万松老人塔，而另一处在河北邢台市西南古塔群中，此塔早已不复存在，但万幸的是清嘉庆年间的《邢台县志》中完整地保留了《万松舍利塔铭》。

随着元朝的覆灭，万松老人塔也破败下来，到后来竟然有人围塔建屋，从远处看高大的塔身就像从屋中钻出来一样，塔顶上还长满了荒乱的蓬草，真是破败不堪，住在塔下房屋中的人还总是抱怨古塔占了自家厅堂的地方。就这样不知又过了多少年，塔下的房屋做起了酒店生意，塔檐上挂着猪肉，塔基周围砌了酒瓮，甚至割肉的刀子钝了就在塔身上磨刀，喝醉的客人也倚着拍着塔，撒酒疯，两百年不见香灯。直到明万历三十四年（1606年），有一位叫乐庵的僧人，发现了

157

屋中的古塔，入而环视，见塔身上的石额刻着"万松老人塔"五个大字，遂礼拜失声痛哭，乐庵和尚后将古塔买下并一直居守在此。《帝京景物略》中详细地记载了这个故事。到了清乾隆十八年（1753年）奉敕对万松老人塔修葺，把原来的七级加高到九级。1927年，当时的交通总长叶恭绰等集资重葺古塔，并在东侧开辟一门，即我们现在看到的塔院门，门额曰"元万松老人塔"。中华人民共和国成立后，古塔又多次进行修缮，1986年文保部门在一次维修古塔时，突然发现该塔内竟还包着一座塔，而里面这座古塔就是元代所建的老塔，外塔则是清乾隆年间所修的新塔。

2007年，借迎接北京奥运会之机，西城区政府出资对砖塔胡同及万松老人塔进行修缮，文保部门开始对古塔进行勘探与修护，2008年腾退了长期占用该院的图片社，也清除了遮挡塔身多年的违章建筑物，这座历经风雨与战乱的古塔终于伸直了它美丽的腰身。2011年古塔维修完成，虽没有对外开放，但只要站在街上人们就能将这座玲珑雅致的古塔尽收眼底。2014年4月，万松老人塔变身为全市首个非营利性公共阅读空间，对公众免费开放，蓝天白云下不少读者依偎在古塔身旁享受着阅读带来的快乐，作为阅读场所重新开放的古塔小院，这次也终于脱离被酒食店、羊肉铺、牙科诊所、电器店、药店、图片社使用的命运，找到了自己最完美的归宿。2014年5月，西城区政府又开始对砖塔胡同进行保护性修缮，并要将其打造成西城区十五条精品胡同之一。为保持胡同的古韵，不仅翻修了房屋，改造了下水道等硬件设施，并且还保留了胡同内原有的旧青砖、砖雕等老物件。

砖塔胡同这条北京城内古老的胡同，曾多次出现在老舍、鲁迅、张恨水等文人的笔下，它代表的不仅是一个地名，更多的是一种老北京的味道。现今它与古塔作为一处文化地标被保留下来，如果不是当初有识之士的努力，也许这里现在只是一片供人休息的绿地吧。

四川营　棉花地　大外廊营

老北京人都知道，过去的宣武区今之西城区，在前门外大栅栏往西往北直到和平门虎坊桥一带，胡同聚集，而且有众多京剧名伶曾在这一带居住，并且多是几代人在这块地方居住，故名人故居比比皆是，所以此地一直被人称为京戏的"戏班窝子"。下面就讲几个特有故事的胡同和胡同里有着传奇色彩的人！

在西城区的珠市口西大街西边，骡马市大街北侧，有一条名为"四川营"的胡同。这条胡同的名称与北京其他胡同有着明显的不同，为何在偌大的北京城，有这样一个地域性极强，让人过目不忘的胡同？这个"四川营"的地名是如何出现在北京城中的？它又将会有怎样一段精彩的人文掌故？下面就听我一一道来。

在讲述这段故事之前，我首先要向读者介绍一下故事中的女主人公，她的名字叫秦良玉。很多人都不知道秦良玉这个人，其实她与人们所熟知的花木兰、穆桂英、梁红玉一样，都是保境安民、冲锋陷阵的女英雄，所不同的是，秦良玉并非为人们的文艺创作，而是一位真实存于中国历史并且是唯一一位正史立传的女将军、女侯爷。

秦良玉，字贞素，生于明万历二年（1574年），四川忠州（今重庆忠县）人，是位了不起的女子。其父亲秦葵是忠州贡生（秀才中的佼佼者），精通儒家文化，在他的教育下秦良玉自幼就通经史，晓谋略，工辞赋，除了习文还兼练武。秦葵希望他的儿女能为国出力，因此立下了"执干戈以卫社稷"的家训。所以秦良玉此后一生七十五年坎坷浮沉，无论升迁荣辱，她都谨记父亲的教诲。自二十岁嫁给石砫宣抚使马千乘后，秦良玉便协助丈夫执政练兵，并亲自训练出了一支军纪严明、骁勇善战的军队。这支部队因持一种以白蜡树做杆，矛头带钩矛尾带环的钢矛为武器，因此人们又称他们为"白杆兵"。这支部队纪律森严，作风过硬，为保石砫各族人民的生命安危贡献了很大的力量。

平定土司叛乱　保卫东北边陲

　　明万历二十七年（1599年），四川播州（今贵州遵义）土司官杨应龙乘明朝内忧外患起兵叛乱，这些叛兵烧杀抢掠，无恶不作，朝廷派马千乘前去围剿。马千乘率兵三千，秦良玉率精兵五百随行，一路追击敌人，连破敌寨七座，后夫妻二人又联手各路军官拿下了桑木关（今贵州遵义市绥阳县城东七千米处，桑木关是古代播州通向正安、连接四川的重要通道），一举消灭贼众，平定了此次叛乱。南川路取得胜利，秦良玉所率的白杆兵立下了汗马功劳，但她却从未向朝廷邀功，率军回到了石砫。尽管如此，秦良玉还是因此一战成名，女英雄的美名远播四方，明总督李化龙听闻秦良玉这位巾帼英雄的事迹后，还特命人打造了一个银牌赠予她，上面镌刻"女中丈夫"，以示表彰。

　　明万历四十一年（1613年），马千乘因开矿之事得罪了宦官邱乘

云，被捕并冤死狱中。后冤情得雪，朝廷命秦良玉承继其夫之职，秦良玉以国为重含悲任职。从此，秦良玉脱下裙钗，带领白杆兵南征北战，保境安邦。

明泰昌元年（1620年），努尔哈赤率后金兵攻陷沈阳，时年四十六岁的秦良玉奉命援辽，她命兄长秦邦屏、秦邦翰与弟弟秦民屏率领白杆兵先行前往，其后她自率三千精兵赴之。这一战便是史上有名的"浑河之战"。多年未遇到过强敌的后金兵，这次碰上了难啃的"硬骨头"川东军，手持长矛不畏生死的白杆兵，打得后金兵措手不及，"死于枪弩者数千人"，后金八旗骑兵也被打得"纷纷坠马"。努尔哈赤感到川军非常厉害，再三告诫八旗兵"勿轻敌"，并再三强调"仲癸（童仲癸）所将皆川兵"以警示部下。白杆兵虽奋勇杀敌，血战到底，但终因寡不敌众而落败。秦良玉之兄秦邦屏、秦邦翰战死沙场，其弟秦民屏也身负重伤。秦良玉随后率三千精兵兼程北上，路过北京时，在驻军地赶制棉服一千五百件发送给前线劫后余生的白杆兵，同时遥祭牺牲的兄长后，便率兵赶往前线，在榆关（今山海关）与铁蹄南下的后金兵遭遇。秦良玉纵马持枪杀入阵中，后金兵纷纷落马。秦良玉以一女子奋勇冲杀，所向披靡，锐不可当，后金兵仓皇逃走。在激战时，其子马祥麟不幸被后金军射中一目，但马祥麟拔下箭后，依旧奋勇杀敌，面不改色。明熹宗闻报，御赐"忠义可嘉"匾，封秦良玉诰命夫人，进二品服，并封其子马祥麟指挥史，追封秦邦屏都督金事，进秦民屏都司金事，并命秦良玉率众回川再征兵两千赴援。

二次平定叛乱　万里勤王保卫北京

明天启元年（1621年）九月，秦良玉率众回到石砫，永宁（今四川叙永）土司奢崇明与其子奢寅等人乘朝廷援辽之机兴兵谋反，占据重庆、遵义、劫纳溪、下江、新都等地后，又围攻成都，川中大震。奢崇明曾与秦良玉共同抗击叛军杨应龙，理应算是老相识，他知道秦良玉的丈夫马千乘被宦官陷害致死，所以派使者携厚礼登门拜访，希望秦良玉能与他共同起兵造反，不料秦良玉大怒，将来使斩杀，并向朝廷上报了奢崇明叛乱之事。随后她带兵出征讨伐叛贼，而其他土司都因接受了奢氏的贿赂而按兵不动。秦良玉遣其弟秦民屏、侄秦翼明率兵四千直趋重庆，营于南屏关，"自统精兵六千，沿江上趋成都"，一战收复了新都，并长驱成都，继复重庆，明熹宗授予其都督金事，充总兵官。

明崇祯二年（1629年）十月开始，皇太极率后金军入关，到明崇祯三年（1630年）时，后金军已直逼京城。这时秦良玉与其他各路援军赶到。后金军自从吃了川军的亏后，一直觉得难胜川军，于是京城之危解除。这就是秦良玉二次勤王，解北京之困的功绩。崇祯皇帝深受感动，不仅在紫禁城平台内亲自召见了她，还赐予她蟒玉、彩币、羊、酒，并赋诗四首以示表彰。

相传秦良玉率兵入京后，就在今西城区东北部，骡马市大街北侧驻军，大营也驻扎于此。人们为了纪念秦良玉保京师有功，就将其

163

屯兵之处称为"四川营",又在此地建造了她的祠堂,后扩建为四川会馆。清光绪年间有位文人为四川会馆题写了"蜀女界伟人秦少保驻兵地"的匾额,此匾一直悬于会馆大门正中。

离屯兵地点不远处,据说是兵士们种植棉花的地方,秦良玉命兵士们用种出的棉花织布做军装,实行屯垦政策,故称纺棉处为"棉花地"。后"棉花地"又逐渐演变成棉花诸巷。以棉花为名的街巷共有十三条(棉花头条,棉花上、下二条,下三条,上、下四条,五条,上、下六条,上、下七条,八条,九条)。过去,许多京剧名家,居家之地不是在"棉花地"就是在"椿树园(椿树几条)"。而在棉花

四川会馆原址

诸巷一带居住的名伶何止百人。今择其著名的略举：四川营，住过杨盛春、陈少霖、陈盛泰；棉花头条：住过张云溪、孟丽君、贯大元；棉花二条：住过刘雪涛、贾多才、徐和才；棉花下三条：住过于连泉；棉花上四条：住过张君秋、刘盛莲；棉花五条：住过叶盛兰；棉花下六条：住过萧长华；其他几条还住过：住过方荣翔、新艳秋、时慧宝、金少山、裘盛戎、马富禄等。此外，近代报业先驱林白水、有鼓界大王美誉的京韵大鼓泰斗刘宝全、京味评书艺术家连阔如等知名人士也曾家居此处。

大外廊营将重修谭鑫培故居

距四川营、棉花地一箭之地，在西城区大栅栏西街西南部，北起原李铁拐斜街（今为铁树斜街），南起韩家潭胡同（今为韩家胡同），南北走向的一条长215米、宽4.2米的胡同，便是大外廊胡同。明代即有此巷，称"廊营"或"郎营"。为什么起这样的名字？

原来明朝燕王朱棣发动"靖难之役"后，迁都北京。为了繁荣京城，从外地各省大量移民，安置在前门外新建的名为"廊房"的房屋内，后来成为街巷，便是今之廊房一、二、三条，而如今的大栅栏胡同，原为廊房四条。为了保卫这新建的廊房，在不远处驻兵把守，便起名为"廊营"。今均在"营"后添上"胡同"二字。

其中原大外廊1号为著名京剧泰斗谭派鼻祖谭鑫培故居。这处寓所坐西朝东，是东、中、西三进院落，房子不少，共有四十多间，占地

大外廊营胡同

一千多平方米。早年谭家街门框上方曾镶有一红色木牌，上面镌刻三个金字"英秀堂"。过去有名的伶人都有堂号，如京剧创始人程长庚也就是谭鑫培的师父为"四箴堂"，梅兰芳大师的祖父四喜班班主梅巧玲为"景和堂"等。谭鑫培成为老生名伶后，每逢外出均乘坐讲究的骡车，今门外东墙上还有过去拴骡拴马的"拴马环"。谭鑫培共有八子四女，其后代从事京剧艺术的有四十人之多，为京剧的发展做出了巨大的贡献。谭鑫培的第五子谭小培、孙谭富英、曾孙谭元寿、玄孙谭孝增等，几代人都曾经居住在这所谭家老宅里。直到1968年，谭家才举家离开这据说住了一百三十年的老宅。

谭鑫培故居

　　故居前院有北房三间，半带前廊，东房两间；中间院落，北房也是三间半，前出廊，硬山顶，昔日为谭鑫培居住，谭鑫培去世后，为谭小培居住。南房也是三间半，东西厢房各两间。

　　院后即西院（今已隔为两院），北房四间，南房也是四间。北房曾为谭派艺术家谭富英夫妇居住，南房当年为今之谭派艺术家谭元寿先生居住。院落相当宽阔敞亮，迎面扑来一股古典艺术的气息。我父亲张永和，"文革"前与谭元寿先生相交甚厚，故常去谭家造访，因而对谭家旧居故室较为熟稔。

　　西院西侧还有南北两座相通的二层西式楼房，是谭鑫培亲自监工

167

于1912年所建。北楼、南楼上下面宽均为两间半，南北二楼以宽大游廊连为一体，其建筑风格为中西合璧。这一新式风格当时曾经引为一段梨园佳话。此故居曾一度沦为大杂院。在2017年时，这座文化大师的故居从破败中被拯救出来。未来，人们将可以来此瞻仰这座培养了多代京剧名伶的"宝地"。

第三辑

坊间故事

市井 坊间拾遗

漫谈三月三日蟠桃宫

源头来于上巳节

说起农历三月初三的蟠桃宫庙会，老北京人没有不知道的。原因有二：一是那些想要孩子的青年妇女会去蟠桃宫拴娃娃；二是蟠桃宫庙会是人们迎春购物、娱乐、消闲的好场所。为什么要定在每年农历三月初三？这其中有什么讲究吗？

蟠桃宫（首都图书馆提供）

当然是有呀！农历三月正是春回大地、万物复苏的好日子。古人将三月的第一个巳日定为"上巳"，这一天人们来到江河之滨，举行隆重的祈福避灾的祭祀仪式。魏晋以后，为了统一"上巳"的日期，将每年的三月初三正式定为"上巳日"，除了进行祓禊外，水边宴饮、踏春郊游、男女相会也成为节日的主要内容。

晋朝大书法家王羲之的传世之作《兰亭序》，描写的就是永和九年（353年）三月初三上巳日，朋友们相聚在兰亭中举行修禊活动的名篇，尤其是描写临水宴饮"又有清流激湍，映带左右，引以为流觞曲水，列坐其次。虽无丝竹管弦之盛，一觞一咏，亦足以畅叙幽情"的佳句，历久弥新。这种临水宴饮的宴请形式，受到了文人雅士们的极大喜爱与推崇。在北京故宫的乾隆花园内的禊赏亭中，就建有一条长达二十七米，蜿蜒曲折的"流杯渠"，专供皇帝与大臣们临水作赋、风雅娱乐之用，而恭王府、中南海、潭柘寺、圆明园（已毁）也建有流杯亭。

唐代时，上巳日是官方法定节假日，这一天官员不仅可以放假，还能领到节日礼金。这一天，百姓们或临水宴饮，或踏青赏春。当时还流行插花斗艳的活动。但到了宋朝以后，上巳节与清明节逐渐合并，上巳节也渐渐淡出人们的视野。

蟠桃宫庙会

当三月初三上巳节逐渐淡出人们视野后，这一天又重新被分配到

其他神仙的身上。由于各地风俗的不同，所祭神仙也有所有同，如祭真武帝、城隍爷、西王母、文昌君、药王、龙王等，北京祭祀的则是西王母。西王母又称金母、瑶池圣母、王母娘娘等，是一位掌管人间生死和长生不老药的道教女神，而非是《西游记》中玉皇大帝的那位悍妻。她所居昆仑仙山，每年的三月初三都在瑶池设宴，款待群仙，而宴会的主题正是使人长生不老的灵丹妙药——蟠桃。因此，人们也会在这天对西王母进行祭祀，祈求长生不老。

如今在北京东便门立交桥东南侧街心花园的一座亭子里，屹立着一块高达三米的石碑，碑额正面镌刻着"护国太平宫碑"几个大字，而此碑正是太平宫所遗之物，因宫内供奉西王母，故又俗称"蟠桃宫"，是北京有名的道观之一，从清初到20世纪80年代，兴盛了近三百年之久，直到1987年修建东便门立交桥时，才被拆除。

蟠桃宫位于东便门内，护城河南岸处。始建于明代，后残毁。清康熙元年（1662年），工部尚书吴达礼奉旨重建王母殿及其后殿，而上文所述石碑的内容正是吴达礼修缮宫观的缘由。庙虽不大，仅有两进殿宇，但因供奉的是执掌长生不老药的西王母和消灾延寿的斗姥元君，所以香火极盛，尤其在王母殿内除了所供的正神王母娘娘，还塑有彩色鳌山一座，上面塑满了从四面八方赶来为王母娘娘祝寿的神仙，在这些神仙中最为人熟知的应数那位大闹天宫的孙行者了。在鳌山下的神龛里，还供奉各种娘娘的神像，有子孙娘娘、子授娘娘、送生娘娘、催生娘娘、眼光娘娘、乳母娘娘、斑疹娘娘、痘疹娘娘、引蒙娘娘等几十位女仙，这些娘娘主要是保护妇女、儿童健康和生育之神，她们分工明确，各司其职。如眼光娘娘负责保护孩子的眼睛无病

蟠桃宫庙会（首都图书馆提供）

无灾，催生娘娘则是保护产妇能顺利生产等，而那些婚后想要孩子的妇女，都会到此"拴娃娃"，祈求子授娘娘能赐予其子女，因此这天来敬香祈愿的多为妇女。王母殿后还有吕祖祠，供奉的是道教之祖吕洞宾。在主殿的东西配殿内还分别供奉着财神赵公明、三官大帝等神仙。蟠桃宫内的塑像规模宏大，人物众多，雕刻手法极为精细传神，不得不说这些塑像都是民间艺术的瑰宝。

每年农历的三月初三，相传又是王母娘娘的寿诞之日，各路神仙都赶到瑶池为王母娘娘贺寿，因此从三月初一到初三便成了蟠桃宫固定开庙日期。是日，宫门外的旗杆上，高悬"蟠桃圣会"的大旗，迎风飘扬好不威风。由崇文门到蟠桃宫前的护城河河岸上，茶棚货摊林立，绵延二三里，往来游人摩肩接踵，川流不息，做买卖的应有尽有，有卖风味小吃的、卖日用百货的、卖胭脂香粉的、卖刀枪玩具的、说书的、卖艺的、唱曲的、变戏法的……真是只有想不到的，没有找不到的。

在宫外西南的空地上还设有跑马场，由虎背口到白桥，是当时北京城内知名的跑马场之一，吸引了众多皇亲贵胄、巨贾富商、知名艺人来此跑马。如李鸿章之孙李国杰、伶界大王谭鑫培、京剧表演大师梅兰芳，他们的到来招揽了大批观众驻足观赛。而在这里还流传着一段梨园佳话哩！这段故事发生在谭鑫培在三庆班当班主时。谭鑫培看到当时还是普通武生演员的杨小楼学艺非常刻苦，于是动了爱才之心，为了提携一下这位晚生后辈，在某一年的三月初三的前一天，谭鑫培告诉杨小楼，自己明天要去蟠桃宫赛马，怕误了明天的大轴戏，因此让杨小楼明天唱最后一出大轴戏。杨小楼无奈只好答应，第二天杨小楼唱了大轴戏《铁笼山》，而谭鑫培压根儿就没去蟠桃宫，而是躲在后台扒着台帘瞧完了整出戏。

去蟠桃宫除了步行外，还可以骑驴去，听老人说，骑驴去最有意思。去蟠桃宫的在崇文门雇一头小驴。驴也不用人牵，它自己就能把人送到目的地，然后它自己还能再回到崇文门找主人。《北平俗曲十二景》中就生动地记录了这一热闹场面："三月里三月三，蟠桃宫

蟠桃宫佛像和旁边的游人（首都图书馆提供）

外好人烟，作买作卖人人乱，各样玩艺摆的全。冰盘球棒跑旱船，跑热车一溜烟，瞧看人儿站立两边。车上挂着一串大沙雁，扬扬得意跑得欢，车沿上跨着一个小丫鬟。"

　　阳春三月的这场庙会既是正月后第一个庙会，也是初春里头一个庙会，人们趁此机会踏春赶会，心旷神怡。惜20世纪60年代初，热热闹闹的蟠桃宫庙会停办了，后来，宫内的塑像又尽毁，宫观日益破败。1987年修建东便门立交桥时此处宫观大部分建筑被拆除。此后，蟠桃宫除了一块石碑和"蟠桃圣会"四块原镶嵌在山门之上的绿色琉璃字砖外别无存世。曾经的蟠桃宫现已变成平整宽阔、车流不息的二环路和居民小区，似乎它从来就没有存在过，那些烈火烹油、鲜花着锦的过去也只有从上岁数的老人口中偶尔听到。然而中华传统文化终究顽强，2007年，在明城墙遗址公园内又重新恢复了蟠桃宫庙会，让这一古老的风俗得以继续传承下去。当驴打滚、糖火烧、艾窝窝等北京小吃，毛猴、鬃人、葡萄常这些具有代表性的北京手工艺品等又都出现在庙会之上，舞狮、高跷、相声、曲艺等节目也重新上演，而连庙会上消失已久的"拴娃娃"再次出现时，蟠桃宫昔日的景象似乎又重现了，而且还是以新的含义重现了。从2007年到2013年，蟠桃宫庙会已经延续了七届，那些曾经消失或正在消失的民风民俗，正在借保护非物质文化遗产的东风，逐渐地回到我们身边。

动物园里的故事

西直门外大街的北京动物园，不仅是孩子们的乐园，也是不少成年人留有美好回忆的地方。尤其对于我们"80后"来说，这里更有着不可磨灭的回忆，从父母抱着我们在狮虎山前的那张黑白照片开始，到每年的学校春游，再到后来我们青涩的初恋，动物园成为我们这一代人的整体记忆。在这里我知道了世界上各种不同的动物，也了解到了生命的多样性，当一名动物饲养员曾是我最初的梦想。但随着年龄与阅历的增长，这个纯真的梦却与我渐行渐远。在一次偶然查阅资料时，无意间看到了动物园的"前生"，这才让我知道原来它也有着这样不平凡的故事。

由皇家行宫到农事试验场

清朝末年，国力渐衰，各国列强纷纷入侵中国，年轻的光绪皇帝不甘做"亡国之君"，他不仅接受了新思想，还身体力行地大力推动改革，企图通过学习西方文明，提倡科学文化，改革政治等一系列维新手段来挽救腐败不堪的清王朝。因此在清光绪三十二年（1906年），商部（后改为农工商部）就以"富国之道首在兴农"为题，向朝廷奏请了一道有关兴办农事试验场的折子。光绪皇帝接到奏折后仅

十日就同意了这一奏请。而后商部便选择了西直门外的乐善园、继园、广善寺和惠安寺及这些地区周边的官地，总计约七十一公顷的土地开辟农事试验场。之所以选这一带，主要是因为这一带土质肥沃，泉流清冽，交通便利，作为农事试验场最为适宜，尤其是乐善园和继园，更是来头不小。

乐善园，最早为康亲王杰书的私人花园，北靠长河，风景优美，取意"河间为善最乐"之语，后久废。清乾隆十二年（1747年）重葺乐善园，因为乾隆皇帝经常要行船至畅春园问候其母，而乐善园又是龙船必经之地，为了便于中途休息，所以将其改为行宫，但仍沿其旧名。清乾隆十六年（1751年），皇太后六十大寿，乾隆皇帝为了庆祝母亲寿诞，又在乐善园内建倚虹堂一座，用于解决皇太后中途吃饭、休息的问题，除此之外，行宫内还有各种楼台亭阁、精舍敞宇、奇花异草、小桥流水，美不胜收。仅以乐善园为题，乾隆皇帝就写了十七首诗，而以其内部景点为题的诗竟多达三十七首，可见乾隆皇帝对乐善园的情有独钟了。

北京动物园正门新（左）老（右）对比图

长河——皇家御船航道

　　继园则是一代名园，该园几易其主，几度更名，如邻善园、环溪别墅、可园、继园等都是它曾经用过的名称，在这许多名字当中，最为人熟知的却是它的一个俗称"三贝子花园"，只要提起这个名字，老北京人就知道这说的肯定就是动物园了，因为这里正是中国最早的动物园——万牲园的所在地。清道光年间，花园名为"可园"，产权归觉罗宝兴所有，据清人李铭慈的《越缦堂日记》记载："可园，中都人呼'三贝子花园'，相传为'诚隐亲王'赐邸。"但人们为什么更愿意称它为"三贝子花园"？据老辈人讲，这里曾是勋臣傅恒三贝子福康安的私邸。但根据史料推测，可园，即乾隆时的邻善园，其主人为永珊，而永珊则是诚隐亲王允祉的孙子，而这位诚隐亲王允祉则

是康熙皇帝的第三子。这可能便是"三贝子花园"的称呼最早的由来。但由于允祉一生从未封为贝子，所以人们更加愿意相信这里就是被传为乾隆"私生子"福康安的宅邸。直到今天仍有许多人认为北京动物园的前身就是福康安的私宅呢！

作为振兴本国农业技术的示范性农场，农事试验场受到了光绪皇帝和慈禧太后的极大重视。在筹建期间，各地方官员和在外国完成出使任务的大臣纷纷将自己当时所在地的名贵花木、农作物寄到这里进行培育。清光绪三十四年（1908年）五月十八日，农事试验场正式对外开放。农场由动物园、植物园和农产品试验三大部分构成，以展览植物为主，场内还建有试验室、农器室、肥料室、标本室、温室、蚕室、缫丝室、初等农业学堂、咖啡馆、照相馆等。这座规模宏大、充满现代化气息的农场，一经开放就吸引了众多的参观者前来游览，门票售价铜圆八枚，儿童与跟役减半，但男、女客人须公开在南窗和西窗购票，男为白票、女为红票。在从东门入场时，入场口又分为男左女右。由此可见当时社会虽有西化之风，但"男女之大防"还是头等大事！

万牲园

万牲园，位于农事试验场的东南侧，占地1.5公顷，四周以围墙及河水相隔，西、北处各有一座木桥与外相连。在筹建农事试验场之初，慈禧太后就曾垂训："拟选取各种鸟兽鳞介品种，选行豢养陈

180

铜狐

铜狮

181

列。"出过洋的大臣端方花费了2.9万多两白银从德国订购了第一批动物,清光绪三十三年(1907年)四月这些动物到京,内有象、虎、豹、熊、狮、鹿、野牛、斑马、袋鼠、猿猴、鸵鸟、鹭鸶、天鹅、鹦鹉等,共计130多只动物,随动物而来的还有两位高薪聘请的德国饲养工人。除了这一批动物外,农工商部还从海外购买了一批禽鸟,有白鹤、凤头鹅、鹜、山鸡、凤头鸭、鸳鸯、山枭、雁等数十种鸟类,国内各地的官员和出使各国的大使也呈送了各种奇禽异兽。

清光绪三十三年(1907年)六月十日,万牲园先于农事试验场开放,门票铜圆20枚,儿童、跟役减半,男、女游客分单双日入园。万牲园是中国真正意义上的第一家动物园。这里的动物来自世界各国,千姿百态,无奇不有,对于封闭已久的中国社会来说,万牲园的对外开放无疑是一件非常轰动的事情,引得万千游人竞相参观。"全球生产萃来繁,动物精神植物蕃。饮食舟车无不备,游人争看万生园。"这首竹枝词就是描写当时热闹景象的。清光绪三十四年(1908年)四月,慈禧太后在光绪皇帝及后妃的陪同下,一起参观了农事试验场,尤其对动物园里饲养的形形色色的珍稀动物极感兴趣。游览后,慈禧太后大悦,当场宣布给园内的全体员工赏白银1000两,后来她还把自己非常喜爱的一只小猴子赏给了万牲园。之后,王公大臣们为讨得"老佛爷"的欢心,也纷纷把自己的宠物送到了动物园里,其中有那桐送的锦鸡、奕劻送的鹿、载振送的石猴、袁世凯送的寿星猴、内务府大臣继禄送的8个蹄的马等。经过精心饲养,动物园内的动物也是越来越多,据清宣统元年(1909年)《农工商部章程》记载,动物园内"建有兽亭三座、兽舍四十余间,鸟室十间,水禽舍、象房、鸟兽繁殖场及动物标本陈列室各一所。展览动物共约八十余种七百只"。

清末农事试验场里的老建筑

农事试验场除了是一块农产品试验基地外，还是清朝最后一座郊外行宫。在农场建造时，慈禧太后和光绪皇帝就多次垂训大臣，要注重园林景观设计与营造，因此场内的建筑物，多带园林形式，既有中国传统风格的，又有欧洲复古式的，还有西洋式和日本式的，楼台亭阁无不精巧雅致。为了方便两宫到此游览，还将北临长河的西宫门处，新添了宫门两座，码头三处，为御舟登陆之用。而我们现在由动物园到颐和园的这条水道，正是当年特意为慈禧太后而设计的。

从清光绪三十四年（1908年）农事试验场正式对外开放至今已有百余年，随着时代的更迭，它最初的面目已变得越来越模糊了，但园内仍保留了几处规模宏大、样式精美的清末时期的老建筑，从它们的身上依旧能看出当年作为皇家御园的模样。

其中第一处建筑是豳风堂，它于清光绪三十四年（1908年）年初建成，位于现动物园东北部，1949年因建筑物老化严重被拆除，在原址上改建豳风堂餐厅。"豳风"二字取意《诗经》中《豳风·七月》，原为五间房屋和一个庭院。这组建筑物为中国传统风格，五间镶有冰梅琉璃的房屋外就是蜿蜒曲折的长廊，廊下有院，院内搭有天棚，北有假山和人造瀑布，溪流顺山洞流入院外的荷塘之中，四周林木茂盛，风景幽雅。

豳风堂

邕春堂

第二处老建筑为畅春堂，它建于清光绪三十四年（1908年）年初，位于现动物园的西南部，因其靠近西北宫门，所以这里就成了光绪皇帝与慈禧太后来场参观时随行大臣们的休息场所。此房屋顶有三个相连的房脊，因此人称"三卷"，房檐处绘有金色飘带形花纹，前出廊后出厦，四周环有二十四根红柱，金碧辉煌。房屋四壁镶嵌宽大的玻璃窗，里面所摆放的家具均为紫檀花梨，墙上还悬挂着慈禧太后亲笔所绘的梅花、菊花图，庭院中假山、奇石林立，景致优美。民国时期，宋教仁任农林总长时，曾居住在此，后其遇刺被害，为了纪念他，于1916年6月在堂北建了一座"宋教仁纪念塔"。

第三处老建筑是畅观楼，它建于清光绪三十四年（1908年）年初，位于畅春堂北面，此楼为欧洲复古式风格。红色砖楼，高大恢宏，楼的东西两侧不对等，东边为圆柱形三层，楼顶为一圆形平台，环以欧式花纹的铜质栅栏，西边为八角形二层，屋顶为西式盔顶。主楼第二层外有一凸出阳台，设有欧式花瓶石雕栏杆，主墙体外侧的柱子上还嵌有中国卷草样饰的砖雕。楼门正中有额曰"畅观楼"。小楼四周环水，楼南有一石桥通往外界，桥的左右各有铜犼和铜麒麟一座，扭动机关，二兽均能由口喷水。小楼构思精妙，将中西建筑风格巧妙地融为一体。

清光绪三十四年（1908年）四月和九月，慈禧太后及光绪皇帝先后临幸农事试验场，每次均下船驻跸畅观楼，楼内的陈设除了珍贵瓷器外，更多的是当时非常新颖的"时髦货"。据文献记载："楼上、楼下均有特制的各式沙发，有转圈四人的，有三人的、二人的。二人的沙发为'S'形，椅垫等大部分是由农工商部绣工科特别制造的，

畅观楼

花卉禽鱼五彩灿烂。地毯也是五彩织绒的。楼内四壁悬挂螺钿屏、钿绣屏，绣屏上有款识。有画屏四帧，为金陶陶女士手笔。"

除此以外，园内还有重新修缮开放的圆形中式花园游廊——牡丹亭，以及荟芳轩、松风萝月轩、绿依亭等清末建筑，而海峤瀛春（又称东洋房）、来远楼、万字楼、观稼轩等风格多样的建筑早已消失，只能从老照片中寻找它们美丽的身影。

作为中国最早的动物园、植物园和农产品改良基地的农事试验场，它有着辉煌的过去，但进入动荡不安的民国后，农场的管理每况愈下。1936年，园内只剩动物一百余种，在抗日战争全面爆发后，国民政府更无暇管理。1943年9月，当时的日伪政府称："查该场动物园内所饲养之狮、豹计有十数余只，近闻患病者甚多。"于是下令："为免除传染起见，应即一律处置。"其实除了一对年龄较大的狮子和一只老豹外，其余动物均在壮年，而且还有一只尚在吃奶阶段的小狮子，饲养员舍不得将它们处理掉，但日本宪兵队几次来查后，动物园方迫于压力终在11月中旬将这批狮、豹毒杀。中华人民共和国成立前夕，园内仅剩十三只猴子、三只鹦鹉和一只瞎眼的鸸鹋。随着中华人民共和国的成立，国家对动物事业日益重视。如今北京动物园展出的动物多达四百余种五千多只，而且它们来自世界各国，除了有我国特有的珍贵动物大熊猫、金丝猴、扬子鳄、朱鹮、东北虎，还有许多来自全球各地的珍稀动物，如来自南极的企鹅；来自印度的犀牛；来

牡丹亭——中式花园

自非洲的斑马、鸵鸟、牛羚；来自美洲的食蚁兽、树懒、紫蓝金刚鹦鹉、羊驼；来自澳大利亚的袋鼠、双垂鹤驼等。为了让更多人了解动物、热爱动物，动物园内还建造了科普馆和北京海洋馆，而这座海洋馆是世界内陆较大的海洋馆之一。

　　北京动物园这座曾经的皇家行宫，现在却是全国规模最大，饲养动物最多、科技力量最强的动物园，这应该是慈禧太后与光绪皇帝永远想不到的事。如今在这座动物园中我们看到的不仅有美丽的风景、可爱的动物，还有许多奔波于园内维护秩序、宣传动物保护知识的志愿者。这是一幕人与自然和谐共生的场景，而这才应该是这座公园内最美好的画面。

话说七月十五中元节

近两年来，中国传统节日，像元宵节、清明节、端午节、七巧节、中秋节、重阳节等，又开始"走运"了，特别是其中一些节日或被政府定为法定节日，或进入了非物质文化遗产名录。但还是有一些传统在淡出人们的视野。所以本文特将中元节这一淡出人们视野的节日的来龙去脉简述一番，不妨作为茶余饭后之谈资。

道家的中元节与佛家的盂兰盆会

中国人自古就崇尚自然，对天、地、水进行膜拜。道教吸收了这种来自民间的信仰并加以神化，奉天、地、水三官为主宰人间的造福大神。每年的农历正月十五是上元节，农历七月十五是中元节，农历十月十五是下元节。三元又称三官，早在一千八百多年前便有了五斗米道第三代传人张鲁对三官请祷的记载。

据说农历七月十五是地官清虚大帝的降世之日。是日，道教宫观会举行隆重的道场活动。百姓们相信地官会在此时下界，巡察人间，考核众生福祸，查看男女善恶之行。因此，人们格外注重这一天的祭祀祈福活动。

1949年前的北京，每到中元节，地安门外的火神庙、西便门外的

白云观都会举办"祈祷吉祥道场"。

中元节这一天除了是地官生辰，还是城隍爷出巡的日子。城隍爷也是道教神明之一，虽然官职不大，但是职掌一方事务，护城佑民，主掌冥籍。城隍爷虽为神仙，但是人选却不固定，这是非常有戏剧性的。各府、州、县的城隍爷都是由去世的英雄或名臣来充任。每年的清明节、中元节、农历十月初一，民间都会举办祭祀城隍爷的活动，名为"三巡会"。三巡会上除地方官员要亲自到厉坛祭拜无祀鬼神，还要举办游行活动，一片锣鼓鞭炮声中，威严的仪仗队抬着城隍爷的金身围城巡游，百姓们则会扮作披枷戴锁的"罪人"与队伍一起前行，目的是消灾免厄。

农历七月十五又是佛教的盂兰盆会。盂兰盆来源于《佛说盂兰盆经》，原是一个梵语音译词，其本意为"解倒悬"。经上说，佛的弟子目连证得天通后，想要度化父母以报养育之恩。他利用神通发现其亡母身陷饿鬼道中，每天都不能饮食，因此被饿得只剩皮包骨头了，即使偶尔能拿到食物，只要食物入口之际，就会变成一团火焰。目连见母亲受此折磨，非常难过，跑到佛处哭着向佛诉说了这一切。佛告诉目连，每年七月十五日，僧人们都会检讨自己，这一天众僧都会供佛、诵经，七月十五日不仅是自恣日，而且还可以超度七世父母及现世父母出苦难，只需要用饭食、水果、香油、蜡烛、床具等物供养十方大德众僧，目连之母就可通过供养众僧而脱离饿鬼道。佛又说："在佛弟子中修行孝道者，应常念父母乃至七世父母的恩德。"所以，每年七月十五为了感念父母，佛教徒都会举办盂兰盆会供奉佛祖及众僧，以报答父母对自己的养育之恩。京剧中有一出有名的老旦戏

《目连救母》（又名《滑油山》），演绎的便是这个故事。

中国的盂兰盆会创始于梁武帝萧衍，他于南朝梁大同四年（538年）在同泰寺举办"盂兰盆斋"。《荆楚岁时记》记载了南朝盂兰节时供盆的习俗："七月十五日，僧尼道俗悉营盆供诸寺院。"《唐六典》记载，"中尚署七月十五日进盂兰盆"，可见在唐朝供盆已成为宫中的规定，皇家不但按时供盆而且还会向官寺赏赐音乐、仪仗等所需物品。皇家所举办的盂兰盆会除了本来的宗教意义，几乎成了一场奢华的表演。唐代宗曾在宫中的内道场祈建盂兰盆会，据《旧唐书·王缙传》记载："代宗七月望日于内道场造盂兰盆，饰以金翠，所费百万。又设高祖已下七圣神座，备幡节、龙伞、衣裳之制，各书尊号于幡上以识之，舁出内，陈于寺观。是日，排仪仗，百僚序立于光顺门以俟之，幡花鼓舞，迎呼道路，岁以为常，而识者嗤其不典。"民间所举办的盂兰盆节也是热闹非凡，日本人圆仁在《入唐求法巡礼行记》中描绘了他在长安城中看到的盂兰盆节的盛况：（长安）"城中诸寺七月十五日供养，诸寺作花：花蜡饼、假花果树等，各竞奇妙。常例皆于佛殿前铺设供养。倾城巡寺随喜，甚是盛会。今年诸寺铺设供养胜于常年。"在皇家的大力倡导下，百姓们纷纷效仿，到寺中献盆献物，超度先祖，祈福子孙。直至宋代，富丽庄严的盂兰盆会由以盆供僧变为了以盆施鬼，因而又变成了鬼节。

清朝末年，北京的广济寺、广化寺、法源寺、长椿寺等有条件的寺庙，在盂兰节时都会举行不同规模的超度法会，其中以长椿寺（此寺至今尚存并修饰一新，为宣南博物馆所在地）的水陆道场最为著名。

中元节民间风俗与吃食

我国自古就是农业大国，人民对土地有着深厚的情感。农历七月正是庄稼丰收时节，百姓为了感谢上苍的眷顾，所以要进行祭拜土地的活动。《帝京岁时纪胜》记载："中元祭扫，尤胜清明。绿树荫枝，青禾畅茂，蝉鸣鸟语，兴助人游。"

除了拜田神、祭祖先外，中元节观灯也是必不可少的。《岁时广记》载，北宋开宝元年（968年），皇帝下诏中元节和下元节要张灯三日。南宋嘉泰年间，三元节还各放假三日。中元节虽为祭奠、悼念故人的节日，但独具特色的民风民俗却使这一日变为人间盛会。市井街头人流涌动，各种冥器、日常用品、时令鲜蔬一应俱全，宛如现在的庙会，傍晚还会上演应节的戏曲节目。《东京梦华录》载："先数日，市井卖冥器靴鞋、幞头帽子、金犀假带、五彩衣服，以纸糊架子盘游出卖。潘楼并州东西瓦子亦如七夕。要闹处亦卖果食种生花果之类……构肆乐人，自过七夕，便搬《目连经救母》杂剧，直至十五日止，观者增倍。"

中元节吃得也很有讲究，大多数因供佛供仙而食素，并且当日还禁止屠宰。据《唐六典》所载，唐玄宗下诏，每年的三元日禁止在都城内屠宰。《武林旧事》载："茹素者几十八九，屠门为之罢市。"《清嘉录》载："上元、中元、下元日为三官诞辰，俗以正、七、十月朔至望日茹素者谓之'三官素'，或以月之一、七、十日持斋，谓之'花三官'。"

除了吃素，贵族们还有食用鸭子与银苗菜的习俗。《天启宫词》里有"冰鸭银苗院院同"的诗句。冰鸭，是指前一日煮熟并凝成膏状的鸭子，银苗则是新藕的嫩芽。

烧法船和放荷灯

昔日中元节傍晚的超度仪式是整个节日活动的高潮，既有道家所设的"赦孤"道场，也有佛家为了超度孤魂野鬼所做的仪式。烧法船、放荷灯需临水进行，夜晚的河边，铙钹鼓乐齐鸣，伴着声声梵音，火光片片，美丽中带着几分雾里看花的神秘之感。

过去，北京烧法船、放荷灯最有名的地点是朝阳门外运河二闸、崇文门东城角的水泡子河、积水潭、净业湖等。由于朝阳门外的二闸河里每年都有溺水身亡者，故盂兰节时，二闸河内会放真法船悼念溺水之人，照例用大木船一只，或平列的两只小船，上扎彩台一座。夜间法师高登法座，将船放入水中，随波逐流，并在船内放焰口，由施食者在放焰口之际，将生米及馒首抛于河内，并将用油纸做好的河灯，点燃放于水面，用以悼念溺水之人。

放荷灯是中华民族固有的传统习俗，表示对逝者的悼念、对生者的祝福。外来佛教为了更好地融入汉文化中，也借用了放荷灯的习俗。

荷灯形式多样，有纸做的，也有用荷叶或半个瓜做的，状如莲

瓣，中间插上红烛，放灯入河，荷灯随波荡漾，如遇风清月白之夜，水波不兴，则明星万点浮于水面，正是"绕城秋水荷灯满，今夜中元似上元"。这种场景使祭祀之味淡去，变成了河中美景。

每到放荷灯时，玩得最高兴的应数稚子顽童。晚间，三五成群的儿童，手举各式各样的荷灯嬉戏玩耍，边玩边唱："荷花灯，荷花灯，今天点了明日扔。"北京曲剧《烟壶》中请了数名女童，就重演了放荷灯这一幕，观众很感兴趣。河中漂浮着点点荷灯，犹如万点萤光。

在这一日里，就连皇家也不能免俗。后蜀孟昶的花蕊夫人曾有描写中元节的词句："法云寺里中元节，又是官家降诞辰。"《辽史》载："十五日中元动汉乐大宴。"《酌中志》载："甜食房供佛波罗蜜，西苑作法事，放河灯。"《天咫偶闻》载："钓鱼台俗名望河楼，金代同乐园，又名鱼藻池，今为行宫。每岁中元节日，游人多聚此，名观灯河。"清末宫内更是盛行，从《宫女谈往录》中元节那章的描写就可窥一斑了，故宫博物院至今仍存有一张慈禧太后在盂兰节上扮作观音、李连英扮作善财童子的照片。

今天的北京，七月十五中元节，后海鸦儿胡同内的名刹广化寺，尚保持着这种古老的时令风俗。白天庙中佛事隆重；晚上，在后海碧波之中，燃放花灯，与湖面上明灭闪烁、光怪陆离的霓虹灯，新旧映照，雅趣与躁动相并，勾画出今日什刹海的潜质。

一座"贵气"十足的中医院

提起美术馆后街的北京中医医院，不少人都知道，这家中医医院不仅医疗水平高，而且名医辈出，有名医张菊人、赵炳南、宗维新、王乐亭等国家级大师。另外，还有享誉国内外的首都名老中医大师，如四大名医中的萧龙友、肝病专家关幼波、针灸名医贺普仁等都曾在这里工作过。今天我们要讲的是这座医院的"前世"传奇。

这家医院是由一家王府改造而成的。了解清史的朋友会说，这家医院不是由大公主府改建的吗？这话您只答对了一半，清朝末年它确实是荣寿固伦公主的大公主府，但这座府邸的第一代主人却是一位身份更为高贵的亲王。

诚亲王府的辉煌岁月

清康熙六十一年（1722年）十一月十三日，六十九岁的康熙皇帝在畅春园病逝，长达十多年来的九子夺嫡也暂告一段落，最初表现并不抢眼的皇四子胤禛继承了皇位，因此雍正篡位之说一直流传至今。雍正皇帝登基后为了巩固政权，对昔日的政敌也是自己的兄弟皇八子胤禩、皇九子胤禟、皇十四子胤禵等众皇子发难，这些皇子不是被削爵圈禁，就是被降级留用，只有十三皇子胤祥、十六皇子胤禄、十七

195

中医院

皇子胤礼等少数成年皇子得到了较好的礼遇。雍正皇帝对其余几个年龄尚小未参加夺位的皇弟还算不错，尤其是对皇二十四子胤祕。

胤祕，又叫允祕（因避雍正皇帝讳将胤改为允），清康熙五十五年（1716年）生，是康熙皇帝的"老儿子"，因为年龄最小所以格外受康熙皇帝的宠爱，连对兄弟们心狠手辣的雍正皇帝也对这个比自己儿子还小的小弟弟特别的照顾。清雍正十一年（1733年），雍正下诏："朕幼弟允祕，秉心思厚，赋性和平，素为皇考所钟爱，数年以来在宫中读书，学识亦渐增长，朕心嘉悦，封为诚亲王。"在雍正皇帝的众多兄弟中直接封为亲王爵位的并不多，由此可见他对这个小皇弟的喜爱了。据中国第一历史档案馆内的档案记载，允祕被封为诚亲王后并未马上举行册封典礼及分府等相关事宜，仍居住宫中。直到清乾隆元年（1736年），乾隆皇帝才着手为他皇叔允祕准备册封典礼及独立居住的府第。清乾隆二年（1737年），诚亲王府落成，诚亲王迁入。这座诚亲王府就建于美术馆后街，即今北京中医医院所在地。高楼林立，人来人往的中医院中，已找不到昔日王府的影子，尽管如此，在清乾隆十五年（1750年）所绘的《乾隆京城全图》中，仍能清晰地看到这座王府当年的恢宏气势。

诚亲王府，坐北朝南，王府正门前建有倒座门及东西阿斯门，王府内分为四路，最东一路为主所。整座王府共有大小房屋五百余间，主所的主要建筑物有：正殿及东西配殿，均面阔五间；后殿面阔三间；寝殿面阔五间。允祕从二十一岁搬入，到清乾隆三十八年（1773年）十月薨，一直在这座王府生活了三十七年。当乾隆皇帝听到这位从小与他一起读书感情甚笃的皇叔病逝的消息后，悲恸万分并亲往府邸祭奠，而且还特命皇四子、皇十二子为其穿孝。

清代宗室封爵有：功封、恩封、袭封、考封几种。诚亲王的王爵是属于恩封，除了第一代被封为亲王，其子孙世袭递降，降到镇国公后不再降级。允祕之子弘畅降为郡王，其孙永珠降为贝勒，曾孙绵勋降为贝子，绵勋的孙子载信降为镇国公，载信的长子溥霱仍袭镇国公。按照制度规定，府邸规模按爵位等级而定，也就是说除了身为亲王的允祕能住在这座王府，其后人再住在这里就不合规矩了。但允祕死后，他儿子、孙子，甚至曾孙绵勋都一直居住在此。直到清同治八年（1869年），诚亲王府被选作荣安固伦公主的公主府，绵勋才带领家人由居住了一百三十二年的诚亲王府迁至西绒线胡同的一座新府第之中。

公主府里的两度春秋

荣安固伦公主是咸丰皇帝的皇长女，她的母亲是庄静皇贵妃他他拉氏。提起庄静皇贵妃读者朋友们可能会觉得十分陌生，但要说起在电影《垂帘听政》中，那个容貌美丽，身材曼妙，能歌善舞，深受咸丰宠爱，但最后却被忌妒成性的慈禧砍去双手双脚做成"人彘"放入酒缸中的丽妃，大家一定都会记得。在电影快结束时，慈禧让太监把已做成"人彘"的丽妃"拎"到她的面前，只见坐在酒缸中披头散发的丽妃，双眼怨毒地盯着慈禧，同时与慈禧一问一答，虽然场景有些恐怖，但也成为这部电影中最被观众们熟知的"名场面"！而电影中这个被慈禧迫害致残的丽妃，就是荣安固伦公主的亲生母亲。

在真实的历史中，慈禧不仅从来没有迫害过丽妃，甚至还可以说她与丽妃的关系相当融洽，在清同治十三年（1874年），奉慈安、慈禧两宫的懿旨，丽皇贵妃还被晋封为丽皇贵太妃。清光绪十六年（1890年），丽皇贵太妃病逝，享年54岁，谥曰庄静皇贵妃。

荣安固伦公主生于咸丰五年（1855年），十一岁时指婚给开国元勋一等雄勇公图赖的后裔符珍，同年年底内务府就开始为公主准备"新房"，在众多准备房中，选中了当时已经成为贝子绵勋的贝子府。对中国第一历史档案馆所藏清同治五年（1866年）绵勋贝子府的绘图，及清同治九年（1870年）内务府奏销档中记载的绵勋府第赏给荣安固伦公主的档案内容进行核对后，证实这座贝子府就是位于美术馆后街的诚亲王府。但从所得资料中看贝子府中的建筑物仅剩原本东路的建筑。红学家杨乃济老师认为："诚亲王府原系四路建筑，后由于世袭递降，西面的两路已被内务府收回另派他用。至绵勋袭爵时，当时的贝子绵勋府就仅有东侧的两路。"

清同治十二年（1873年）八月，荣安固伦公主下嫁额驸符珍。在此之前诚亲王府已经进行了重修改造，将原来符合亲王规制的绿琉璃瓦全部换成灰筒瓦，府内老旧房屋也都重新挑顶翻修。这次大修距清乾隆二年（1737年）建府已有一百三十六年。尽管对荣安公主府进行了降级处理，但其房舍仍大大超过公主府要求的"百间以上"，且建筑物的间架尺度也都沿袭了诚亲王的样式。清同治十三年（1874年）十二月荣安公主病逝，年仅二十岁。荣安公主死后，此府又赐给了荣寿固伦公主，这位荣寿公主在清末历史上可算得上是赫赫有名。

荣寿公主，清咸丰四年（1854年）二月生，是和硕恭亲王奕䜣的长女，此女聪慧异常，深受咸丰皇帝的喜爱，他曾多次表达要将荣寿公主接入宫中亲自养育的想法，后慈禧为了拉拢奕䜣，将七岁的荣寿公主接到宫中自己抚养。清咸丰十一年（1861年）十二月，特旨封为固伦公主，在清朝只有正宫皇后的女儿才能得此封号，可见慈禧对奕䜣的拉拢之意。清同治四年（1865年）九月，奕䜣上疏固辞"固伦"封号，诏改荣寿公主。清同治五年（1866年）九月，指婚富察氏额驸一等公景寿之子一品荫生志端。志端的父亲景寿不仅是荣寿的公公，还是她的姑父，因为荣寿的婆婆也就是景寿的妻子寿恩固伦公主是荣寿的亲姑姑，也就是奕䜣的亲妹妹，从现代观点上看荣寿与志端是表兄妹，他们的结合属于近亲结婚，但在当时人们可并不这样认为，有

句老话说："姑舅亲，辈辈亲，打折骨头，连着筋。"

清同治九年（1870年）九月初七，荣寿公主下嫁，清同治十年（1871年）十月，额驸志端咯血而亡，年仅十八岁。清同治十三年（1874年）荣安固伦公主病逝，朝廷将府第转赐给荣寿公主，光绪元年，荣寿公主搬入美术馆后街处的公主府。清朝末帝溥仪登基后，姑姑辈的荣寿公主成了长公主，人们也将她的公主府称为大公主府，因此不少老人至今还都习惯将北京中医医院称为大公主府。

额驸志端死后，慈禧太后怕荣寿公主寂寞就经常接她入宫，自幼养在皇宫中的荣寿公主说话办事都极为得体，她个性沉稳，为人正派，宫中上下都很喜爱她，不仅慈禧太后对她十分信任，就连同治皇帝、光绪皇帝也特别敬重她。清光绪七年（1881年）晋封荣寿公主为固伦公主，赐乘黄轿，清光绪二十年（1894年）又赏公主双俸。

从现存的荣寿公主的照片上看，这位金枝玉叶并不像影视作品中所描绘的那样天生丽质，妩媚动人，反而是皮肤暗淡，面容苍老，尽管如此，并不影响荣寿公主在人们心中的地位。不少清末的笔记都对这位性格耿直的公主给予记载。《宫女谈往录》是曾随身伺候过慈禧太后的宫女荣儿口述的一部清末宫中见闻录，这本书对于研究清末历史价值颇高。关于此书的真实性我还曾专门询问过研究明清宫史的专家万依老师，万老师认为这本书比较真实地记录了当时宫中所发生的事件。荣儿口中的荣寿公主是这样的："我们十分尊敬她，是心里头的尊敬。不光尊敬她是正根正派的金枝玉叶，而是尊敬她的人品正派。例如，她对待李连英的妹妹李大姑娘，绝不给以好的脸色，眼睛看都不看，始终保持着高傲的态度，也不对这位大姑娘说话，有时李大姑娘见面请安，最多用眼瞥一下，算是知道了。就是跟老太后也是有话直说，绝没拍拍捧捧、委屈求宠的姿态。可是越这样，太后越喜欢她，几十年恩眷不衰，比对待自己的娘家侄女好得多多了……大公主高高的个儿，细瘦的身材，从后面看和隆裕皇后像是姐俩，差不多一样高，隆裕显得稍粗一些。她面容并不美，长脸，黄肉皮。可是她稳重、沉默，显得高贵。在游湖时，她经常陪老太后谈话，只有她才配和老太后谈话。别人陪着说话，说什么呀？因为是寡妇，大公主不穿华丽的衣服，一张清水脸儿，更显得端庄。因为她整天板着脸子，一点笑容也不露，谁也不去亲近她。我们是尊敬她但远着她。"

坊间也流传着荣寿公主的众多故事，有一个流传最广的故事讲的是：慈禧太后有一次做了一件颜色艳丽、做工考究的衣服，她怕大公主知道后说她，就告诉左右的近侍谁也不能和大公主说。不想还没多久此事就被大公主知晓了。大公主找到慈禧太后对她说："我曾经看到过一件来自江南样式漂亮的衣服，想要买给您，我知道如果送给您，您一定非常欢喜，但是您作为一国之母肯定不会穿如此不符合祖制的衣服。为了不连累您的德行，我就没有买，您认为我的这个做法是正确的吧？"慈禧太后听后只得默许，等大公主走后慈禧太后就责怪她周围的人将她做新衣的事情透露出去，而这件做好的新衣服慈禧太后却一次也没穿过。

除了经常向慈禧太后谏言，荣寿公主还颇有政见，据说光绪皇帝能保住帝位就与这位大公主有一定的关系。她对于外事活动也处理得相当漂亮，经常参加各国公使夫人的舞会、宴会等活动。某位公使夫人甚至曾赞她为"满洲妇女中第一流人物"。清光绪三十三年（1907

年）荣寿公主还奉旨充当过贵胄女学的总监督，为女子教育出过力。

清光绪十五年（1889年），朝廷下旨让志勋之子麟光过继给荣寿公主为嗣，这个麟光其实是她丈夫志端亲弟弟志勋之子，也就是她的侄子。这个养子麟光沾了不少大公主的光，刚一过继朝廷就加恩赐给他固伦额驸品级，按理说麟光加官晋爵后应该好好地服侍大公主，但麟光夫妇却将大公主的家财挥霍一空，最后连公主的凤冠霞帔都被典当了。

觊觎大公主家财的除了麟光一家，还有大公主府的总管事，这位大总管可没少把银子往自己怀里划拉。东安市场边上的吉祥戏园就是这个大太监出资兴建的。虽然规模不大，但这位总管的势力大，像谭鑫培、杨小楼、余叔岩、梅兰芳、尚小云、程砚秋、荀慧生等都曾在这里登台献艺。

1924年10月，冯玉祥发动了北京政变，溥仪及家眷被驱逐出紫禁城。也是这一年，平时很少过问钱财的荣寿公主竟然发现自己的银库不知何时被人掏得空空如也，一气之下得了重病，于1924年11月14日辞世，终年71岁。没过几年麟光也病死，债主纷纷上门讨债，因巨额的债务无法还清，麟光的家人弃府逃走，而买下这座大公主府的债权人则是吉祥戏院。后该府院又先后被宪兵三团、后方医院占用。1956年，此处改为北京中医医院。1985年，北京中医医院要建门诊楼和医技楼，为了保护这座"大公主府"，市文物局与东城区人民政府、密云县人民政府共同协商，采用了"古建迁移异地保护"的办法，将这座公主府搬迁到密云白河郊野公园内，它占地面积2.1万平方米，分为正所、西所两路，房屋130多间，有正殿、配殿、寝殿、后罩房等主要建筑。复建后的大公主府规模庞大、雄伟壮观，在1991年辟为密云县博物馆。

中医院内仿古建筑

昔日这座大门紧闭只有王公贵族进出的王府，如今已变成一座为人民服务的医院，百年沧桑，时代巨变，不得不让人们发出感慨，"旧时王谢堂前燕，飞入寻常百姓家"。这座大公主府，已成为全国规模最大的几座中医医院之一。

京城东南无宝塔
——"乏塔"的传说

　　小时候，最喜欢听父亲给我讲故事，什么"王祥卧鱼""三打白骨精""哪吒闹海""林冲夜奔""草船借箭""王佐断臂"等，都是打那时候听来的。爸爸还会讲一些关于老北京城的故事，像"高亮赶水""八臂哪吒城""北新桥下锁孽龙""铸钟娘娘"等不少民间传说。

　　在左安门内，龙潭湖的西北处，有一条贯穿南北的铁道，在这条长长的铁道附近曾屹立着一座高三十多米的七层八角玲珑宝塔。相传这座宝塔是金朝法藏寺的遗存，名为法塔，但人们都称它为"乏塔"，这是为什么呢？其实这源于一个美丽的传说。

　　京城旧有"西城五塔，东城没塔"之说，这指的是以天安门为界，以西有五座历久悠久、风格迥异的古塔，它们分别是"砖塔胡同的万松老人塔""北海琼华岛上的白塔""西长安街庆寿寺的双塔（已拆）""阜内大街上的妙应寺白塔"，但是过了天安门以东却一座塔也没有……

　　话说一日，鲁班带着妹妹来逛京城，看到繁花似锦的京城虽然美丽，但其中的宝塔却分布不均，那些高大雄伟的宝塔全建西边，而东边却一座也没有，为此他心中不悦，于是就对妹妹说："你看北京城虽然漂亮，但东边却缺个宝塔。"妹妹见哥哥心有不快，就对他说："这还不简单，回头咱们给东边立个宝塔不就行了？"于是鲁班

兄妹便开始云游四海，寻找漂亮的塔样。当他们来到了杭州西子湖畔时，妹妹一眼就看上了挺拔秀美的雷峰塔，哥哥鲁班也觉得宝塔样式不错，于是兄妹两人开始动手建塔，从日头偏西一直忙到定更天，一座七层八面的玲珑宝塔就建好。宝塔建好后，鲁班的妹妹就对着宝塔说："老塔呀，老塔，北京东面没有宝塔，你愿意去吗？"没想到宝塔立刻就回答："愿意去！"鲁班对宝塔说："那你就去吧，切记，一路上不要休息，二更动身，四更到北京，不到五更时你就要找好地方，如果过了五更，你就永远动不了啦！"老塔答应了一声，就变成一个尖头顶，穿灰布袍的黑大汉。老塔辞别鲁班兄妹后，奔着北面就走。只见老塔脚下生风，不到四更天，就走到北京城了。

老塔走着走着，就听着一座大庙里隐约传来说笑声，他往里一看，原来是庙里的几个值更的人，在墙脚边上赌钱呢。老塔一看时辰尚早，他正好也走累了，就站在墙外一边休息，一边探头看庙里的人赌钱，老塔越看越爱看，甚至还被逗得哈哈大笑。他这么一笑可不打紧，可把庙里这几位吓得够呛，大伙回头一看才发现，不知道什么时候墙外站了这么一位黑大个，长得像妖精，笑声像打雷，人们也顾不得手中的钱了，扔了钱转头就往庙里跑。

老塔一看人都跑了，自己也该往前赶路了，可就在这时，庙里的晨钟响了，远处的公鸡也叫了，老塔却无论如何也走不动了，原来正是五更天到了。这时只听呼的一声，老塔化身的黑大个变成了一座七层八面、高十余丈的雄伟宝塔。由于宝塔与寺墙挨得太近，竟把寺墙挤塌了一片。庙中的方丈闻声，赶忙带着徒弟们出殿观看，一看有座宝塔不知何时从天而降，可吓坏了庙里的方丈。他连忙带着徒弟们跪

法藏寺（乏塔）曾经的位置，如今已成小巷

地磕头，就在这么一跪的时候小和尚们却意外发现了昨儿晚上丢在地上的铜钱，虽然值更的人知道钱是他们的，但谁也不敢说出昨儿晚上赌钱的事。方丈看到一地的钱，他可乐了，说："这一定是上天赐给我们修墙的。"于是这些钱便成了修墙的专款，墙很快就修好了，但从此以后宝塔就再也没动过一步。人们都说："这座鲁班爷修的塔，是因为走累啦，所以才站在这里，应该叫它'乏塔'。"久而久之，这座宝塔便叫作"乏塔"了。

这座雄伟壮观的宝塔当然不会"从天而降"，也不可能真是鲁班兄妹亲手建造的，它是明景泰年间由太监刘永诚、王受、阮普耳、裴善静等众人捐资修建的，除了这座宝塔，塔下这座清幽肃穆的寺院也

是由他们出资修缮的。

　　提起这座寺院，它的历史可要比宝塔久远多了，史载其建于金大定年间，名为弥陀寺，是金中都城外的一座巨刹，后因战事频繁，寺庙倾颓。白云苍狗，岁月如梭，当弥陀寺再出现在文献记载中时，已是百年之后明正统年间的事了。

　　据《敕赐法藏寺记》的拓片上记载，明正统十年（1445年）九月九日，御马监太监裴善静、张得山，与大功德禅寺住持右善世祖渊一起到弥陀寺参拜，当他们看到这座几乎坍塌的古刹时，不禁唏嘘不止，既感慨于弥陀寺百年不绝的历史，同时又为它不堪的处境而叹息，于是三人发下宏愿重修弥陀寺，裴、张两位公公随即慷慨解囊。明清两朝太监出资修庙是一件很普通的事，由于太监六根不全，死后不能进入祖坟，而且又无子女赡养，因此他们会将平生所攒积蓄都用来修庙，一来是祈求来生能够幸福安顺，远离这种不幸，二来也是为出宫后找个安身之处，像北长街上的万寿兴隆寺、鼓楼后娘娘庙胡同的鸿恩观、蓝靛厂的立马关帝庙、八宝山上的褒忠护国祠都是有名的"公公庙"。而文中所提到的祖渊禅师更是位大德高僧，位居僧录司右善世。他十四岁出家，一生品行高洁，曾出任过多座名山大刹的住持，像福州的雪峰寺、北京的大功德寺、江宁凤翔山的普宁禅寺等。明宣德皇帝非常钦佩禅师精深的佛法，曾多次赐田赐物赡养大师，但大师却用这些物品来修建庙宇重振佛法。他度化的弟子数以万计。因此在他们的号召下，修缮寺庙的物资很快就准备齐全。从明正统九年（1444年）开始，到明景泰二年（1451年）正月完工，在近六年的时间，所有参与者殚精竭虑，这座设施齐全、装饰精美的寺院终于拔地而起。墙垣围绕，重门掩映，大雄宝殿、三圣殿、天王殿、伽蓝祖师殿、钟鼓楼无一不金碧辉煌，为此朝廷还特赐寺额——法藏寺。

修缮一新的法藏寺，梵宇幽静，宝相庄严，俨然成了左安门内的一座巨刹，就在同年（景泰二年，1451年）秋天，御马监的太监刘永诚、王受、阮普耳、裴善静等又捐资在庙内建造了一座七层八面玲珑宝塔，并且由道孚大和尚亲自题写碑记。这位道孚禅师是明代的律宗高僧，在当时的佛教界里影响很大。他俗姓刘，七岁在南京灵谷寺出家，拜庆叟为师。道孚禅师天资聪颖，终日潜心研究《唯识论》《涅槃经》等大乘佛经，不久就声闻天下，后他又礼拜天童观翁，随其来京拜见明宣宗朱瞻基，并得到了宣宗的赏识。明宣德四年（1429年）道孚禅师离京到江浙云游，走到五台山参拜时，观得文殊菩萨显圣，圣像百般变幻，但倏忽不见，于是悟得"一翳在眼，空华乱坠"，因自号"知幻子"。明宣德九年（1434年），知幻禅师主持修建了万寿寺（戒台寺），在这期间宣宗离世，其子英宗继承大统。英宗听闻知幻大师德行后，召他进宫讲经，发现其额头高耸，就戏称他为"凤头和尚"，但禅师却道"不敢攀龙附凤，吾乃鹅头也"，因此禅师又称为"鹅头和尚"。英宗授其僧录司左讲经。明正统五年（1440年）万寿寺完工，英宗亲赐寺名，并封禅师为"敕建马鞍山万寿大戒坛第一代开山大坛主"，明景泰七年（1456年）六月，大师说偈后圆寂。禅师圆寂后葬于戒台寺，其灵塔至今仍在戒台寺南侧的马鞍山上。而此塔的碑记就是在大师圆寂前一年所题，因此，除了前来登塔的游客外，还有不少僧人到此参拜。

话题归正，再来讲讲这座宝塔。这座塔造型古朴，工艺独特。在塔的每面都开有一门二窗，门内供有一佛一灯，两侧的窗内则设有供佛的灯龛，八面塔身的下层建有塔廊，廊内摆满了琉璃宝灯，每到上元佳节，僧人就会点起宝灯供佛，奏乐绕塔，点点灯光香云缥缈，佛乐空灵，不少史料都记载了上元佳节法藏寺燃灯绕塔的情景，如明代《帝京景物略》中载："（塔）窗置一佛，佛设一灯，凡窗八，凡级七，凡五十八佛，凡五十八灯，岁上元夜，塔遍灯，僧编绕，奏乐乐佛，金光明空，乐作天上矣。"然而我在查看道孚禅师为宝塔落成题写的碑记时，有了新发现：首先是就塔内所供灯的盏数，在不少古籍与现代史料中都记载塔内供佛五十八尊，灯五十八盏，但拓片上却清晰地记载着宝塔共设一百六十八盏灯，这个数是怎么来的呢？原来宝塔每级有八面，每面都有一门两窗，且在这些门窗内都摆有供佛的灯盏，一层就是二十四盏，共有七层，所以宝灯共有一百六十八盏。其次就是塔的名字，这座塔在文献中的记载，不是弥陀塔就是法塔或是白塔，几乎没有关于此塔正式名称的记载，但在碑记中却明确记载了该塔的名称，名为"无量诸佛传灯宝塔"，这也解释了为什么此塔供有那么多的佛像及那么多盏宝灯。不少文人墨客都曾在夜观法藏寺后留下了优美的诗篇，明万历年间礼部右侍郎郭正域写道："古刹城东寺，莲花处处开。金轮平地转，香雨半天来。清话逢元度，论文有辨才。真如非幻境，云水两徘徊。"同时期的许州知州王应翼也有："七层窣堵七围照，烨烨朗朗分悬燎。霜露安敢蚀辉光，诸佛诸魔向灯笑。初疑天上火轮旋，又疑大内鳌山耀。村林闪闪烟气中，一下一高焰影绕。我随僧众礼光明，雁惊风急铃铿铿。"

无量诸佛传灯宝塔除了佛多、灯多，它还是一座在京城内不多见的空心可登的高塔。北京因为风沙严重，故多建实心塔，像辽代的天宁寺塔、金代的双塔、明朝的慈寿寺塔等。这座高约十五丈的法藏寺宝塔落成后，人们对于登塔远眺京城的美景趋之若鹜。尤其到九九重阳日时，除了赏菊、佩戴茱萸外，最重要的活动就是登高远眺了，因为人们相信在这天登高，不但可以避疫而且还有步步登高之意，所以在这天登无量诸佛传灯宝塔的人更是川流不息。清末震钧所著的《天咫偶闻》中就有人们在重阳日时登塔的详细描写："（塔内）容人之地无多，登者蚁附至绝顶，则才容二客挨肩而过。斗室之中，喘息不得出，竟不知其何乐。"由此可见人们登塔的"热情"，但很可惜那座在金代就已经存在的弥陀寺（后来的法藏寺）在清朝的中晚期就已经圮废了。

　　清光绪二十三年（1897年）修建京山铁路（后京山铁路纳入京奉线）时，铁道恰好要穿过寺院，法藏寺遗留的一些残垣断壁也全部夷为平地，无量诸佛传灯宝塔因距铁道还有一段距离才得以幸存。从此以后无论是出京的还是进京的，人们都会在夕阳的余晖中看到这座闪闪发光、巍峨矗立的高塔。但火车的震动却对这座宝塔产生了致命的伤害，20世纪50年代，中国科学院历史研究所专家对这座塔做过检测，发现火车的震动造成了塔身的开裂及塔身顺时针错动现象，但也有一个意外的发现，那就是此塔在清康熙年间曾经进行过大修，在塔顶相轮的西北面还刻有"康熙九年重修"字样。1965年宝塔因距离铁路太近，且塔身开裂严重，政府决定将其拆除，于是这座在京城东南角屹立了五百多年的地标式建筑就这样消失了。

法藏寺边上铁道

　　随着宝塔的消失，有关宝塔的记忆也在逐渐地消失，因为见过知道这座宝塔历史的人越来越少，所幸还有几张关于宝塔的老照片存世，能让后人一睹它曾经的风采！

老北京歌谣中的风情画卷

"拉大锯扯大锯，姥姥家唱大戏，接闺女请女婿，小外孙也要去。"这首流传了近一个世纪的歌谣陪伴了几代人的成长，至今仍有不少耄耋老人能完整背诵出来，而我也清晰地记得小时候与小伙伴们，边说着歌谣边手拉着手的情景。像这种耳熟能详的歌谣在北京地区还曾流传过许多，但随着时间的流逝被保存下来的越来越少，在这些已经或将要消失的歌谣中记录的不仅仅是岁月流淌过的痕迹，还有那些只属于北京特有的风俗文化。

歌谣是民歌、民谣、儿歌、童谣的总称，是民间文学体裁之一。它起源于劳动之中，简单易懂的语言，明快流畅的节奏，深受百姓们的喜爱。《诗经·魏风·园有桃》："心之忧矣，我歌且谣。"歌谣以这种朴素却真实的文学形式，很快就在民间生根发芽，许多歌谣流传了数百年之久，但由于过于通俗的语言又很难使其登上大雅之堂，与之相关的文献记录也非常有限，因此歌谣的数量年年递减。

北京话与歌谣

在众多的北京文化当中北京话又是独具特色的，这些看似最平常的语言，其实已经有了四百多年的演变过程，这是一套最接近于普

213

通话的方言，在相似的结构与发音中，却又存在着较大的差异，它流传于北京地区，明显的儿化音、满族用语和土话，构成了这种特有的语言——北京话。因此不少人也将北京话称为"京片子""胡同语言"，而这些特点又在京师歌谣中体现得淋漓尽致，如"小小子儿，坐门墩儿，哭着喊着要媳妇儿。要媳妇儿干吗？点灯，说话儿，吹灯，做伴儿，早晨起来梳小辫儿！"这首句尾加儿化音的歌谣，在内容上不但风趣幽默，朗朗上口，而且还将孩子天真顽皮的天性显现出来，让人读起来就有一种身在老北京胡同和四合院中的感觉。

又如这首《上轱辘台》的民谣："上轱辘台，下轱辘台，张家妈妈倒茶来。茶也香，酒也香，十八个骆驼驮衣裳。驮不动，叫马楞，马楞，马楞，喷口水，喷到小姐花裤腿。小姐，小姐，你别恼，明儿，后儿，车来到。什么车？红轱辘轿车白马拉，里头坐着俏人家——灰鼠皮袄，银鼠褂，双子'荷包'小针扎。扒着车沿，问阿哥：'阿哥！阿哥，你上哪儿？''我到南边瞧亲家！'瞧完了亲家到我家，我家没有别的，达子饽饽就奶茶，烫你'勾儿的'小龇牙！"

这首民谣描写的是少女将要出嫁时的情景，歌谣里面有许多满语，如不了解其语境就很难理解其语义内涵，如"妈妈"是满语mama的音译，表示的是"祖母"的意思；"马楞"，表示的是一种载重的驯鹿；"俏人家"是满族人指代"漂亮小伙子"的代名词，这里指新郎；"阿哥"是满族人对年轻男子的称呼；"饽饽"在满语中是面点的总称；"达子、奶茶"为蒙八旗用语；"勾儿的"，北京土语，骂人的话，用在这里有打情骂俏之意。

清初随着清军入关，带来了大量的满语，在其影响下原来的北京话发生了巨大的变化，许多满语在不自觉中被带入了人们的日常交谈中，至今在北京话中仍有大量满式汉语，像表示"父母"的"老家儿"、表示"小褂"的"汗褂儿"、表示"油类物品变味"的"哈喇"、表示"略吃一点"的"垫补"、表示"责备"的"数落"、表示"怂恿"的"撺掇"、表示"打哈欠"的"哈嗐"、表示"炒红果"的"温朴"、表示"啄木鸟"的"啅嘚儿木"等高频使用词汇都是遗留下来的满式汉语。

　　另外还有一种歌谣是用北京特有的土语唱念的，用北京特有的语音念出来时，不仅节奏性强而且还非常的生动活泼、引人入胜，如民谣《水牛儿》："水牛儿、水牛儿，先出犄角后出头儿，你爹你妈给你买了烧羊肉，你不吃给狗吃。"这里的"水牛儿"在北京土话中特指蜗牛，而不是南方的水牛，如果是不明就里的人就会觉得一头雾水不知其意。还有民谣《荷叶灯》："莲花莲花灯啊，今儿个点了，明儿个扔啊。"这里的"今儿个"指今天，"明儿个"指明天，北京特有用法。还有"铁公鸡、瓷仙鹤，玻璃耗子、琉璃猫"。这首歌谣在读音上展现了北京土语的特有的读法，其中"仙鹤"要读成xiānháo，而"耗子"hàozi也是北京人叫老鼠的特有的叫法。这首歌谣的主旨是讽刺那些爱占便宜却不舍得花自己钱的吝啬鬼，其中以铁、瓷、玻璃、琉璃几样光滑物品来形容这类一毛不拔的人显得形象贴切，尤其是在读音发生变化后，整首歌谣读起来更加合辙押韵，风趣幽默。

215

老北京的节令与歌谣

遗留下来的这些歌谣除了在语言上体现了老北京特有的文化特色，另外在内容中也留下了老北京人的生活与乐观向上的北京精神。如这首流传广泛的《过年谣》："小孩小孩你别馋，过了腊八就是年。腊八粥喝几天，眼看就到二十三。二十三糖瓜粘，二十四扫房日，二十五炸豆腐，二十六炖猪肉，二十七宰公鸡，二十八把面发，二十九蒸馒首，三十晚上坐一宿，大年初一扭一扭。"这首歌谣不仅概括了老北京人从腊月初八到过年时的整套民俗，而且还使用了数板的形式，透出了浓浓年味，显得那么的喜庆祥和。直到今天，不少北京人进入腊月后仍然照这套习俗来迎接新的一年的到来。

像这种岁时节令的歌谣还遗留不少，但其中所唱的习俗已经永久地消失了，像这首《紫不紫》的歌谣就是描写当年老北京人过八月节的场景："紫不紫大海茄，八月里供的是兔儿爷。自来白自来红，月光码儿供当中，毛豆枝儿乱哄哄，鸡冠子花儿红里个红，圆月儿的西瓜皮儿青，月亮爷吃得哈哈笑，今夜的光儿分外明。"这首歌谣描绘的是老北京这样的一种风俗：八月十五这一天，老北京家家户户都设坛拜月，供"月光码儿"，这"月光码儿"就是上部绘有貌若菩萨的"太阴星君"神像，下部绘有月宫和执杆捣药的玉兔的纸张，如今这种物件在京城早就绝迹了。兔儿爷，自来红、自来白的月饼，葡萄，沙果，鸡冠花与切成莲瓣的西瓜都是必备之物，另外还要供毛豆枝，可能是玉兔爱吃毛豆，所以祭月时必备毛豆枝。当一切布置就绪后，家中女主人就要主持拜月了。自古有"男不拜月，女不祭灶"的习俗，因此，女人与小孩就成了这场祭典中的绝对主角。上香、许愿、烧黄表纸、磕头、作揖，礼成。此后，一家人团团圆圆地坐在一起分享月饼赏月。如今在京城再也看不到这种"祭月大典"了，除了近些年在八月节前后出现的兔儿爷，其余的只能留在上了年纪的老北京人的记忆当中了。

还有一首是将老北京全年中每个月的节令都数一遍的歌谣《正月正》："正月正，大街小巷挂红灯。二月

自来红

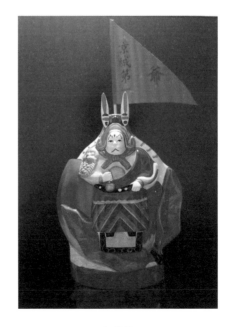

兔爷儿

第二辑

坊间故事

二，家家摆席接女儿。三月三，蟠桃宫里去游玩。四月四，男女老幼逛塔寺。五月五，白糖粽子送姑母。六月六，阴天下雨煮白肉。七月七，坐在院中看织女。八月八，穿上白袜走白塔。九月九，大家喝杯重阳酒。十月十，穷人着急没饭吃。冬月冬，北海公园去溜冰。腊月腊，买猪买羊过年啦。"在这首歌谣里像腊月的新春、正月的灯节、五月的端午节、七月的乞巧节、九月的重阳节依然还沿袭着传统的习俗，而二月、三月、四月、六月、八月的民俗已经逐渐走向衰亡，以下我就简单地做一下介绍。

二月二，龙抬头，除了现在大家都知道的剪头、吃春饼，这一日还是接"姑奶奶"（出嫁的闺女）回家的日子。"二月二，接宝贝，接不来，掉眼泪"就是一首描写母亲思念女儿的歌谣。

三月三，是西王母的寿诞之日，恰巧北京城崇文门外供奉王母娘娘的蟠桃宫在此期间开庙，因此每年的这个时候蟠桃宫里都热闹非凡。这里还有一个描写三月三的歌谣："年年有个三月三，王母娘娘庆寿诞。各洞神仙来上寿，蟠桃美酒会神仙。"

四月四，指的是白塔寺的庙会，清末的《旧京琐记》载："有期集者，逢三之土地庙，四、五之白塔寺，七、八之护国寺，九、十之隆福寺，谓之四大庙市，皆以期集。"

六月六，煮白肉，吃煮白肉是满族人的习俗，现今还流传着"冬不白煮，夏不熬"的说法，真正的吃主儿都是到夏天才吃这一口美食。百年老店砂锅居饭庄就是以煮白肉为特色而誉满京城的老字号。

八月八，走妙应寺的白塔是京城金秋八月的民俗之一。据说这一天满族妇女可以脱下花盆底鞋改穿汉族妇女的平底鞋去白塔寺逛庙会，久而久之，就形成了这一独特的民俗。

除了以上这两首有节令民俗的歌谣，还有许多描写清明节、端午节、春节等节令的歌谣，这里就不一一赘述了。

做惯了皇城子民的老北京人，身上总是带着一股子大大咧咧、嘻嘻哈哈、玩世不恭的"痞气"，正因如此他们才被外乡人称为爷——北京大爷，但北京人也是最讲礼数、宽容厚道、乐观向上、幽默风趣的，在他们居住的宅院门上多刻着"忠厚传家久，诗书继世长"的门联，而这些优点也充分地体现在歌谣当中。如这首："人家赶集我也赶集，人家骑马我骑驴，回头看见推车汉，比上不足比下有余。"俗话说"知足者常乐，能忍者自安"。这首歌谣正是用最简单易懂的语言阐明了"和为贵，忍为高"这个儒家学派最基本的道理。

老北京的风物与歌谣

还有一类歌谣是描写北京风貌景物的，像前门、天坛、钟鼓楼、白塔寺、东岳庙、四合院、老城门等，这类歌谣不仅记录了当时老北京城的概貌，而且保存下来一些民俗掌故。像这首"白塔寺有白塔，塔上有砖没有瓦，塔台儿上裂了一道缝，鲁班爷下来锔上塔"的歌谣里就讲述了一个关于白塔的故事。传说有一年白塔寺的塔肚突然裂了一条很大的缝，当朝的皇帝得知后，觉得破了国家的"风水"，便下旨让京城的工匠们修理，如果期限之内修理不好，就要将所有工匠砍头。眼看日子一天天过去，但由于难度太大，工匠们仍是束手无策。

219

白塔寺

就在限期的前一天，白塔寺旁边的小饭馆"胜友轩"突然来了位老头儿，老头儿逢人就说自己能锔大家伙，有人逗老头儿让他锔个碗，老人却说："不锔，不锔，我只锔大家伙。"那人一听开起玩笑来："白塔家伙大，你能锔吗？"老人微微一笑："能锔，能锔。"周围的看客都以为老人精神上出了问题，谁也没当真，可没想到第二天，白塔上竟有了七道金光闪闪的金箍。白塔的缝被补好了，但老头儿却不见了。此时，大家猜测那位老人应该就是鲁班爷下凡。为了感念鲁班爷对大家的救命之恩，这个故事也就从那时起一直流传至今。

《平则门》是一首起源于明代，在清朝和民国时期又被陆续补充，描写当时北京城著名建筑物和名胜古迹的歌谣。这首曾被小朋友们哼唱的歌谣，没想到在百年后的今天却成了研究老北京地形与民俗的珍贵资料。歌谣如下："平则门，拉大弓，过去就是朝天宫。朝天宫，写大字，过去就是白塔寺。白塔寺，挂红袍，过去就是马市桥。马市桥，跳三跳，过去就是帝王庙。帝王庙，绕葫芦，过去就是四牌楼。四牌楼东，四牌楼西，四牌楼底下卖估衣。问问估衣多少钱，桃红裙子二两一。四牌楼，卖花枝儿，过去就是皇城根儿。皇城根儿，三堆土，过去就是宗人府。宗人府，往北蟶，过去就是河运仓。河运仓，往东调，过去就是西厂桥。西厂桥，站一站，眼前就是宛平县。宛平县，往北拐，前面就是什刹海。什刹海，愣愣神，往东就是地安门。地安门，掉个头，北边就是钟鼓楼。"这首歌谣从开始到结束，将京城内有名的、有趣的地方一一讲述了一遍，真可以称得上是北京城的地理图了。但在这首歌谣中，许多地名如今已经没有了，像"平则门，拉大弓"中的平则门，是元代时人们对阜成门的称呼，而拉大

东皇城根儿

弓是指原来在平则门内东、西两处的弓匠营。在明代，"朝天宫"是著名道观，明天启六年（1626年）毁于火灾。"马市桥"具体位置在阜成门大街和赵登禹路的十字路口处的交叉点上，明清两代这里曾有一条贯穿西城的沟漕（大明濠、西沟沿），民国时改为暗沟，因附近有马匹交易市场而得名，今已不存。"帝王庙，绕葫芦"是指在帝王庙南边的大影壁后面，东、西两侧有两座葫芦形门洞，平民百姓不能从正面行走必须由此绕行。"四牌楼"特指东四牌楼和西四牌楼，1949年后已拆。"宗人府"是管理皇家家族事务的机构，在清末曾移至白塔寺东的一个地方。"河运仓"，明代储存运河抵京物资的仓库，明正德五年（1510年）修建为粮仓，定名太平仓。"宛平县"不是指宛平县城，而是位于今地安门西大街东宫房附近的宛平县署。

这首《平则门》歌谣，其中间"四牌楼东，四牌楼西"之下，还有另一种版本："四牌楼东，四牌楼西，四牌楼底下卖估衣。问问估衣多少钱卖。打个火，抽袋烟儿，过去就是毛家湾儿。毛家湾儿，扎根刺，过去就是护国寺。护国寺，卖大牛，过去就是新街口。新街口，卖大糖，过去就是蒋养房。蒋养房，安烟袋，过去就是王奶奶。王奶奶，啃西瓜皮，过去就是火药局。火药局，卖钢针，过去就是老城根儿。老城根儿，两头多，过去就是穷人窝。晴天晒被子，阴天蹲汤锅。"这一版本之不同处，可引入另一分列北京地名的知识，细述起来也是很有意思的，这里恕不细说，留待感兴趣的读者自己去研考。

像这样的歌谣还有《东直门挂着匾》："东直门，挂着匾，间壁儿（北京土语，隔壁的意思）就是俄罗斯馆。俄罗斯馆，照电影，间壁儿就是四眼井。四眼井，不打钟，间壁儿就是雍和宫。雍和宫，有大殿，间壁儿就是国子监。国子监，一关门，间壁儿就是安定门。安定门，一甩手，间壁儿就是交道口。交道口，卖白面，间壁儿就是大兴县。大兴县，不问事，间壁儿就是隆福寺。隆福寺，卖古书，间壁儿就是四牌楼。四楼牌南，四牌楼北，四牌楼底下卖凉水。喝凉水，怕人瞧，间壁儿就是康熙桥。康熙桥，不白来，间壁儿就是钓鱼台。钓鱼台，没有人，间壁儿就是齐化门。齐化门，修铁道，南行北走不绕道。"这首地名谣可以称得上是《平则门》的姊妹篇，从东直门写到朝阳门，一路由东向西行走。这一路上也有不少已经消失的地方，如"俄罗斯馆"，原圣尼古拉教

正阳门

堂，俗称"北馆"，坐落在今东直门北大街路西，现改为俄罗斯大使馆。"大兴县"，同"宛平县"一样，是清朝按明朝旧制在交道口南大街东侧设立的大兴县衙，在今大兴胡同内。"隆福寺"建于明景泰三年（1452年），是当时京师地区的巨刹，清光绪二十七年（1901年）一场大火将其主要建筑焚毁，后逢九、十两日在此开放庙会。中华人民共和国成立后，此处建起东四人民市场，20世纪80年代又建成了隆福大厦，售卖各式服装与百货。"四牌楼底下卖凉水"，传说在隆福寺附近有一座龙王庙，那里的井水包治百病，因此，百姓们都跟风去四牌楼排队喝凉水。"康熙桥"在今朝内大街，孚王府西侧，《燕都丛考》载："西头路北有延福宫，其西曰驴蹄胡同，其东曰康熙桥"，现已不存。"钓鱼台"现朝内大街南侧的小巷，1965年与北井儿胡同、老君堂合并，统称北竹竿胡同。"齐化门"在元代时被称为"齐化门"，明正统年间改为朝阳门，1916年朝阳门外正式运营环城铁路。如今再读这首创作于民国初年的歌谣，那些已经消失了的地方好像又重新注入了生命，那个沧桑而古老的北京城又活灵活现地浮现在我们的眼前。

百姓生活与民谣

歌谣的传承与创新离不开百姓的日常生活与感情生活，反映这一类型的歌谣数量最庞大、内容也最丰富，既有调侃政治的，也有反映百姓困苦生活的，如这首讽刺慈禧西逃的歌谣："西太后，真不赖。腿儿长，跑得快。长安一住把国卖。赔钱数不清，卖地好大块。"1900年八国联军攻入北京后，慈禧太后带着光绪皇帝仓皇出逃到西安，而后来为了能安全地回北京继续执政，她与洋人签订了丧权辱国的《辛丑条约》。自此，中国人民就置身于水深火热之中。京城百姓为了讽刺慈禧不顾江山社稷与百姓的死活的丑恶嘴脸特意编写了这首歌谣。

像这样的歌谣还有："炮队、马队、洋枪队，曹锟要打段祺瑞。段祺瑞充好人，一心要打张作霖。张作霖真有子儿，一心要打吴小鬼儿。吴小鬼儿真有钱，坐着飞机就往南；往南扔炸弹，伤兵五百万。"这首歌谣用幽默诙谐的语言讽刺了民国初年军阀混战、人

正阳门牌楼

民饱受战火摧残的情景。

每一首歌谣都是一个故事，它讲述了老百姓的真实生活与喜怒哀乐。在旧社会里一直有重男轻女的习俗，许多歌谣里也都体现了女性没有社会地位的悲惨生活。如这首《豌豆花》的歌谣，就是讲述了一个每日要做家务照顾爹妈的女儿，还被哥嫂欺负的故事："豌豆花，蚕豆花，今朝妹子嫁人家，娘哭她是我穿针女，爹哭她是我一枝花，哥哥说她是个赔钱货，嫂嫂骂她是个惹事精。惹得猫儿不拿鼠，惹得狗儿不看家；惹得桃花不结果；惹得李树不开花。"

还有描写社会底层人民穷苦生活的歌谣："小辫刘，蒸窝头，熬白茶，不搁油"，"小小子摘棉花，一摘摘个小甜瓜，他爹说：'吃

正阳门箭楼

了吧！'他妈说：'留着过个小年下。'"

生活总是多味的，除了苦外，还有许多的甜，这些"甜"也都表现在歌谣中。像这首描写新婚夫妇的歌谣，不但写出了夫妻二人的恩爱，还描绘出一位贤惠又巧手的新媳妇："二人进绣房，夫妻在一旁，坐在椅子上，瞧瞧花幔帐，夫说多少银钱买它到家乡，妻说不用银钱拙手把它绣上，一绣凤凰双展翅，一绣巧鸟在树上，一绣荷花水上漂。"还有这首描写少女待嫁时期盼、喜悦心情的歌谣："大姑娘十几咧？过了年该娶咧！一对龙，一对凤，金瓜钺斧朝天镫，乐得大姑娘满炕蹦！"

随着社会的快速发展，这些歌谣也在慢慢地消失，亦如在京城中

227

已经绝迹多年的叫卖声。近年来有许多北京人突然怀起旧来，想念起老城根儿的味道，听相声、串胡同、看城墙、喝豆汁儿、瞅京剧，然而这些只不过都是流于外表的京味儿，而真正的北京味儿是嵌入骨子里的那股热情、好客、讲理、乐天的劲儿，如同老北京的歌谣那般深埋在坊间市井中。

正说北平大盗"燕子李三"

提起"燕子李三"，相信不少人都听过他的故事。20世纪80年代，曾播放过一部以他为原型的电视剧《燕子李三传奇》，这部电视剧尽管集数不多，但也风靡一时，就连当时只有几岁的我也曾看过。不过电视剧具体讲的什么剧情，我早就忘了，只有一个镜头至今仍记忆犹新。那就是李三每晚趁着夜色，回到他栖身的古塔前的一个画面：只见他双脚用力，身子往上一蹿，嗨的一声，便轻飘飘地落在城楼上面，这时城楼子屋里的一盏残灯也随风左右摇摆，既恐怖又凄凉……后来只要提到燕子李三，我脑海中就会闪现出这个场景。20世纪90年代末，"燕子李三"又一次成为电视剧的主人公，这时我才知道"李三"原来是一位劫富济贫的侠盗，他就像评书里的时迁、杨香武，电影里的罗宾汉，虽然身在绿林，但却是位行侠仗义的好人。

前不久与小伙伴们热聊80年代播放的电视剧时，我恰好提及了《燕子李三传奇》这部电视剧，没想到才说了片名就引起了大家的兴趣，什么侠肝义胆、义薄云天、智勇双全，这些用于形容英雄的词汇，一股脑儿地都被她们用在了这位著名的京城大盗身上。不仅如此，她们还对燕子李三的传奇故事如数家珍。但那时大家对现实中的燕子李三是否真像传闻中那样英勇感到好奇。为了给大家一个满意的回答，我花了数月的时间检索北平二三十年代出版的报章及相关文献，最终还原出一个与传闻中不太一样的燕子李三。

229

燕子李三的功夫

　　提起燕子李三大家都会觉得他是一个身材高大魁梧之人，但根据资料上的描述："其乃一瘦小枯干之人。背驼面黄微麻，且谈吐颇雅，文质彬彬。"就是这样一位毫不起眼的人，却被坊间传为自幼随异人练就了绝世武功，身轻如燕，飞檐走壁，大小报刊也以此为噱头大肆宣传，他到底是否真有绝世武功呢？我下面就来告诉大家。

　　首先要说李三肯定是会一些功夫的，但绝非传闻中说的那样神奇。从他的档案及供述中来看，他多次承认过其自幼习武，但究竟是跟随其父亲练就的，还是他流落沧州时学习的就不得而知了。1929年6月李三曾越狱逃走，《益世报》和《京报》都详细地报道了其脱逃及被捕获的过程。《京报》载："越狱当晚（1929年6月29日晚9时），狱吏查监问李三：'还不熄灯睡觉哩？'李三道：'我正打算跑哩。'那狱吏以为是开玩笑并没有介意，依然到邻号查监，李三却不慌不忙，脱去镣铐，趁着灭灯的当儿，将窗上铁棍折断由窗洞钻出，纵身一跃，已到了房上。连接蹿过几重院落，等到被狱中发觉鸣枪追逐之际，早已逃得无影无踪了。"

　　两日后（7月1日），燕子李三行至东四牌楼时被侦缉第三小队侦探李文奎看到，他马上通报了侦缉二分队，二分队队长张瑞森带了二十余名侦探追捕李三，李三发现有人跟踪后，他身子往起一蹿便来到马路边上大东园澡堂的房上，侦探们见此情景马上又通知了内一区的警察们，仗着人多势众，最终将李三围捕拿获。虽然成功捉拿了李三，但警方还是费了一番周折。据档案记载，首先发现李三的李文奎在扭打中，被其咬伤手腕，幸亏陆续赶来了三十多名探员，才将赤手空拳的李三捉住，所以说，如果没有以一敌十的真本领，李三早就被侦缉队拿获了。

但因为李三越狱成功，大家都谣传他会缩骨奇功。《益世报》为此也采访过他，他说："在监狱门用卸锁法将镣铐卸下，由凉棚拆下杉槁一根，爬杉槁越过墙三段房两处，不足三分钟即已逃出。"蔡礼律师也曾在他的《我所了解的李三》一文中说道："他能头朝下，身子像壁虎一样紧贴墙壁往上爬，他曾在白塔寺高高的大殿墙壁上爬过，这一招儿叫'蝎子爬'。"由此可见李三虽然不会缩骨奇功，但是他在蹿纵术及气功上确实有一些绝活。

燕子李三最后一案与木狗

1934年11月4日《京报》和《益世报》同时刊登了燕子李三逃脱的新闻，这个消息马上就传遍了大街小巷，燕子李三又成了最热新闻人物。然而他逃脱是假被拿是真，而且这一次被捕成为他人生中最后一次被捕，这一案也成了他人生中的最后一案。

提起这一案，时间倒退到1934年的5月1日，李三在历经了九年的牢狱生活后终于刑满释放。释放后的李三四处游荡无处可去，为了躲避侦缉队的盯梢，燕子李三化名张文远与蔡家胡同宴乐下处的妓女刘

翠喜同居。然而侦缉队怎肯放过他，侦探们见他连日宿娼且出手阔绰，就怀疑他有再次作案的可能，将其带回侦缉队审讯，李三无故受冤坚决不承认，但侦缉队根本不听他的申诉，再三诬陷其偷窃，情急下的李三喊了分队长的姓名，侦缉队抓住这一点以咆哮公堂目无法纪、贻害地方等理由将他再次关进了感化所。

关进感化所后的李三，可能真是心灰意冷了，他决定破罐破摔。他与警士宋书堂等人勾结作案，他负责偷盗，宋书堂等人负责销赃。他每夜外出逍遥、行窃，次日准时返回感化所，日子久了他见无人追问此事，胆子也就越来越大。1934年11月1日宋书堂到北恒肇当铺当一匹李三偷回来的金花红锦时，被潜伏已久的侦探当场拿获，李三闻讯逃逸，11月4日午后其被侦探发现，于德华堂房上被捕，经审其累犯案件十二起。

这次的案件由于是李三在感化所拘押期间所犯，又牵涉感化所中的不少警员，失窃的当事人也都是富豪及军政方面的重要人物，且盗窃的财物比较巨大，据当时《京报》的记者记载，"贼物大小各包不下数千件，有西服、大氅、衫衣、古玩、瓷瓶、棉被、皮袍，以及其他零星物品，不胜枚举"，另有"手枪一支，皮帽一顶及鸦片灯枪，其手枪及皮帽系窃自一百十七军长吴克仁者"，为此北平市公安局对此案极为重视，大小报纸也连月报道。

被捕后的李三对所犯罪行供认不讳，唯有对在8月8日晚盗窃潘宅时，曾对发现他的仆人王顺使用暴力这一项绝不承认。他自己供述，他被人发现后，将发现人推进门房，又将门房上挂着的一把带钥匙的锁挂在门上后就离开了，因此他不承认有使用暴力的罪行。

在等待审判结果过程中，公安局深恐其再次逃脱，竟给他戴上了"木狗"。"木狗"是一种极为残忍的古代刑具，这种刑具为长方形带孔的木头，犯人将两腿套入孔内后，双足便不能随意移动，行走时必须跳跃，久而久之犯人双腿就会残废。李三自戴上木狗后，连晚上休息都不曾被卸下。当时他的一位朋友，也是一名飞贼大老西（李玉山）就因佩戴木狗而死于狱中，这让他产生了恐惧之情。在精神与肉体的双重折磨下，他显得极度萎靡。李三曾多次向法院请求摘下木狗，但都未得到批准。他也向《京报》记者多次哭诉，自己并非强盗，而是以盗窃为业，在近三十年的行窃生涯中猫狗未曾损及，他以盗窃罪并不应该佩戴木狗，且木狗殊为痛苦，实有生不如死之感，而向社会呼吁主持公道。

1935年1月23日北平地方法院以施行强暴罪、犯盗窃罪及吸食鸦片罪等罪名判李三有期徒刑十二年，李三不服，向河北高一分院上诉，但高院二审仍维持了原判。李三又向当时的最高法院上诉，其辩护律师蔡礼以李三作案时并没有强暴行为，且李三也不是什么江洋大盗为由，请求减刑到八年徒刑，另外蔡律师还以佩戴木狗为一种虐待犯人的行为为由，请法庭为其解除木狗。木狗刑具终于在1935年5月19日被撤销，但为了防止李三越狱"特加重镣一根"，即使这样，李三还是对撤去木狗感到十分满足。当时《京报》对他撤去木狗的记载为："李如愿以偿，满面笑容似有得意之色云。"但南京最高法院的最终判决未下前，李三就死在了狱中。

燕子李三与穷人

传闻中燕子李三经常将偷来的钱分给穷人，他自己也常说"见有贫困之人，立即解囊相助"，但事实上却并非如此。

李三所窃之人非官即贵，像国务总理潘复、民国总理熊希龄、北洋总理王士珍、执政府秘书长梁鸿志、临时执政段祺瑞、直鲁军司令张宗昌、直隶军务督办褚玉璞、北洋政府行政长官薛之珩、北洋政府司法总长林长民、北洋政府镇守使金寿良、军阀马福祥、栋威将军王栋、醇亲王等人的家都被他"光顾"过，其所窃的金银珍宝无数，但这些也都被他行乐挥霍了。他尤好女色，常常宿眠于花街柳巷之中，日日纸醉，夜夜金迷，为不同的女人买首饰买衣服，花钱如流水，不明就里的人还以为他是一位出手阔绰的老板。除了好色，他还吸食鸦片、白面等毒品。

李三的大部分钱财虽然都用于行乐上，但不得不说他对穷人还是有一定同情心的。《实报》曾载：李三偷窃梁鸿志后，得钱数千元，初冬他到城隍庙游玩，见附近穷人太多，遂将所得钱财，一元或二元地分给大家，这才被侦缉队发现了行踪。李三因在感化所期间行窃入狱后，竟有乞丐数人购得食品等物前来探监，后又有一名叫王六的老乞丐，送给李三铜圆三百枚，没过多久，又有两名衣衫褴褛的丐者送其大洋一元，李三说这些人都是曾经受其恩者。蔡礼律师也曾说过，李三作案时总要留下一些痕迹，为被盗之人家里的仆人开脱。我父亲张永和二十多年前为北京曲艺曲剧团创作曲剧《燕子李三》时，曾为此采访过押送李三回看守所的法警张君，张君告诉了我父亲当年的情况。当年由法院押送李三回看守所是个难活儿，大家都知道他武艺高强，仅凭他们几个法警很难将李三安全护送回所，张君年龄最小且家中又没什么牵挂，所以他主动请缨接了这趟差。张君和李三出了法院后，张君就给李三卸了铐说："朋友，您要想走，您就走吧。反正我家里没人，就一个八十多岁的老妈。"李三一听就乐了："朋友，我绝不给你找事，你放心呗。"一路之上李三手里紧紧提着两个包袱，张君问他："这里面装的都是什么？"他说："都是穷老百姓给他写的感谢信，说什么都不能丢了。"送李三回所那天还下了小雪，地面湿滑，一路上都是李三扶着张君直接回了看守所，此事让张君觉得李三够朋友，他特意找了看守所内的熟人，嘱咐他们一定要多多地照顾李三。

从燕子李三短暂的一生来看，他也是位极可怜的人，他曾对采访过他的记者说："余本世家子弟，及后中落，又被继母所憎，十五岁时出来北平作案，得钱后即行挥霍。"

"成名"后的李三，将钱主要用于吃喝玩乐，他常常流连于秦楼楚馆之中，对心仪的妓女也非常大方，金银首饰、裘皮、衣料随意赠送，他的挥霍无度引来了侦缉队的盯梢，因此他多次被捕于妓院。1934年5月13日他入感化所后，常常夜里溜出来逍遥，感化所附近的王唐氏家成了他闲聊的好去处，经王唐氏介绍，李三很快就与一位带幼子的刘姓寡妇结婚。他们租住在刘兰塑胡同4号，婚后夫妻两人感情很好，李三对刘氏所携的幼子大立、二立也非常好，总是给他们买

点心吃，但不久李三便犯案被捕了。被捕后的李三劝说刘氏与他离婚再找出路，但刘氏对他不离不弃，不仅常到看守所中看他，而且还给他送钱送物，不过此时她的家中也不富裕，都是靠着典当东西及亲友们的接济勉强度日。燕子李三看到刘氏这样贤惠，他非常心安，虽然在牢狱之中，但只要提起刘氏他就"喜溢眉睫，有若不知置身囹圄之中"。三十多年的人生中，李三可能是头一次感到了家庭的温暖，看到了人生中的新希望。当他以为可以重新开始新生活时，他却不明不白地死于了狱中！

李三死后对他很好的刘氏却一直没到看守所去收尸，看守所也数度派人传刘氏领尸，但令人费解的是刘氏竟然带着两个儿子消失了，遍访没有，踪迹全无，最后看守所只得将李三抬往义地随便埋葬了。这位著名大盗就这样结束了自己传奇的一生，四十年的人生只落得石碑上镌有"李景华墓"这四个大字！

燕子李三的死因

1936年1月9日，李三死于看守所中，这个曾经身体健康的人怎么会突然暴毙呢？社会上流传了很多说法，有说是死于木狗的，有说是死于吸毒的，有说是病死的。我从收集的资料中分析，说是病死的还有点可能，但说死于木狗及吸毒则完全是谣传。1935年2月《京报》的记者对李三曾进行过采访，当时他已经戒除了毒瘾，食量也大增，精神也很安适，其后的几个月中记者也跟踪采访过他，除了木狗让他心忧，"精神极为安适"。5月19日，令他最为担心的木狗也依法撤去后，他再无可忧愁之事，因此七个月后他死于毒品或木狗均不太可能。

1936年1月10日《北平晚报》刊载了："著名飞贼燕子李三（李景华）羁押看守所后，因环境恶劣，抑郁得病，昨竟医药罔效，瘐死于看守所中。"这篇报道说李三是病死，实在令人生疑，本来精神与身体都在好转的李三怎么会突然生病而死呢？我认为李三确应死于虐待，狱警虐待犯人在当时是司空见惯的事，1929年6月29日李三的第二次越狱，就是源于狱警对他的虐待。在李三越狱的前几日，有个同号狱人犯了狱规，狱警便怀疑是李三指使的，晚上狱警要提审李三，李三以天已昏暗不允出号为由拒绝，没想到狱警竟用石灰凉水泼他，还用刺枪、铁钩毒打他，把他打得头部重伤，休养了好几日才见好转。李三虽然逃过了上一次狱警的毒打，但几年后还是死于了狱警的虐待之下。

在1936年3月6日的《京报》中刊登了一篇《看守所李国华虐待燕子李三，现李已被撤差，又经犯人控告》的消息，在这篇文章中叙说了看守所狱警李国华的种种恶行，真是令人发指。李三见李国华

燕子李三

经常虐待、殴打犯人，忍不住与他理论了几句，李国华怀恨在心，于1935年的12月6日，谎称有人要见李三，李三刚出了楼，就被李国华等一群人围攻毒打，打后李国华还问他服是不服。李三不理，他就把李三挪到湿地阴凉处冻了一宿，并称是李三自己弄的，此时李三已经浑身肿胀，口不能言，至1936年的1月9日，李三因伤重过世。

　　燕子李三并不是人们口中特别是文艺作品中描写的那个仗义疏财、英勇无畏、颇像梁山泊啸聚山林的绿林英雄。他虽有一点劫富济贫的意思，但李三偷盗来的大量钱财，绝大部分都让他嫖妓、吸毒给挥霍掉了！他不啻扰乱了社会治安，还给青年人带来不良影响，树立了坏榜样，是个负能量的人物。如果文艺作品能换一个角度，写写李三这个聪明、刻苦的贫苦农民子弟，是如何被逼为盗，特别是揭示那个社会所豢养的狱警，不是与小偷同流合污、警匪一家，就是草菅人命，从而使李三壮年夭折的丑恶嘴脸，把当时"逼良为娼"的社会根子，形象而深刻地给它挖出来，不比写一个不惜歪曲事实，歌颂江湖大盗的电视连续剧强得多吗？

第四辑

运河寻踪

通州大运河的如歌岁月

"南通州、北通州，南北通州通南北"，这副上联据说是乾隆皇帝巡幸江南时，到江苏省一个叫通州的地方所作的。此南通州即今天江苏省南通市，而北通州就是今北京市东边的通州区。乾隆皇帝运用"南""北""通州"几个字巧妙地构成了这副上联。通州在北京的东南部，历史悠久，经出土文物证明，在新石器晚期，已经有人类从事生产活动的痕迹。西汉高祖十二年（公元前195年）建县，始称路县。东汉建武元年（25年）县依水名，为潞县。县治设在今通州胡各庄乡古城村。历史更迭，北齐年间（550—577年），其县治迁到现址，即今天通州城区的位置。除了悠久的历史，通州境内的大运河文化也是源远流长。

隋炀帝开凿运河原是为平定叛乱

在文艺作品中隋炀帝是个利令智昏、纵情声色、挥霍无度的暴君，而开凿大运河也纯粹是为了他个人的享乐而开凿的，但在历史文献上的记载并不完全如此，隋炀帝开凿大运河，志在攻打高句丽。由于远在辽河以东的高句丽，经常侵略新罗、百济两个小国，还不时地攻打室韦、契丹、靺鞨等已经臣服于隋朝的诸部。为了平定边疆的战

北运河（一）

乱，隋炀帝出兵攻打高句丽。隋大业七年（611年），隋炀帝率领大军，乘坐龙舟由通济渠入永济渠到达涿郡临朔宫，"五月，敕河南、淮南、江南造戎车五万乘送高阳，供载衣甲幔幕，令兵士自挽之，发河南、北民夫以供军须。秋，七月，发江淮以南民夫及船运黎阳及洛口诸仓米至涿郡，舳舻相次千余里，载兵甲及攻取之具，往还在道常数十万人，填咽于道，昼夜不绝"。隋大业八年（612年）正月，军队开始编队出发，利用永济渠到达涿郡的官兵达上百万人，除了官兵，作战所需的战备物资也都是由这条运河送往蓟城（北京，涿郡的治所），永济渠在战争中发挥了极其重要的作用。但由于开凿永济渠的工程过于庞大，人力物力早已超出朝廷的财政开支，隋炀帝为了加快开凿运河的速度，甚至还征调妇女参与开凿工作，史称"自是以丁男不供，始以妇人从役"。最终，这条运河的开通为隋朝的覆灭埋下了

北运河（二）

伏笔。同时，也为"荒淫暴虐"的隋炀帝又增添了"浓墨重彩"的一笔。功哉？过哉？留待历史学家与后人评说！

金世宗开金口河

金崛起于辽末，1125年先灭辽，两年后（1127年）又灭了北宋，灭辽后辽南京（今北京）归金朝统治。北京的地形易守难攻且境内水源丰沛，金天德三年（1151年）海陵王下令迁都燕京（北京）。为了

242

给迁都做准备，河北、山东的粮食都要由潞河送往潞县，再由潞县送抵中都，通州成为漕运的重要枢纽。因此海陵王将潞县升为州，并改名为通州，新起的通州的"通"取的是"漕运通济之义"。

金天德五年（1153年），金正式迁都燕京，改燕京为中都。北京地区的人口量随着迁都而数量大增，对粮食、物资的需求也急剧增长。陆路运输的方式不仅时间长而且还耗费大量的民力。金朝初期，通州到中都漕运主要依靠坎河，坎河是高粱河的支流，但由于高粱河的水量不足且坎河河床坡度很大，导致从通州到中都的漕运一直都很困难。

　　金大定十年（1170年），金朝政府决定引中都城西的卢沟河东至通州，以利中都城的漕运。大臣将此决定告诉金世宗后，世宗非常高兴，说："如此，则诸路之物可径达京师，利孰大焉。"金大定十二年（1172年）二月开工，仅五十天就完成了新运河的开凿。此运河是将中都城以西的卢沟河东引入中都城北城壕，然后东至通州汇入潞河，它的成功开凿大大缩短了漕运的时间。因运河流经金口，所以这条运河被称为金口河，自从有了金口河，粮食和各种物资源源不断地被供应到中都城内。

　　漕渠虽然解决了运输物资的问题，但开渠后水势汹涌的卢沟河却泛滥成灾，由于它水质混浊，裹沙挟泥常常淤塞水渠，金大定二十五年（1185年），金口河上游淤塞，不能通航。金章宗即位后，听取大臣们的意见，引高粱河及白莲潭水源至通州潞水，重开漕运，但由于水源不足，"船自通州入闸，十余日而后至京师"。尽管漕渠在金朝一代作用不大，但为后期的通惠河奠定了基础。

繁华国都离不开大运河的漕运

　　蒙古至元四年（1267年），元世祖忽必烈下令营建大都城（北京），元至元二十二年（1285年）大都建成。元世祖下诏所有的官员及富户都要先期搬入这座新城，经过二十余年的营造，元大都规模宏大，商业繁华，一跃成为世界级的大都会，北京也由此真正成为全国的政治、经济、文化中心。

13世纪，马可·波罗来到中国。当他第一次来到元大都时就被这座美丽而宏伟的城市深深吸引。在他口述而成的《马可·波罗游记》一书中，他是这样描写汗八里（北京城）的："整体呈正方形，周长二十四英里，每边为六英里，有一土城墙围绕全城。城墙底宽十步，愈向上则愈窄，到墙顶，宽不过三步。城垛全是白色的。城中的全部设计都以直线为主，所以各条街道都沿一条直线，直达城墙根。一个人若登上城门，向街上望去，就可以看见对面城墙的城门。在城里的大道两旁有各色各样的商店和铺子。全城建屋所占的土地也都是四方形的，并且彼此在一条直线上，每块地都有充分的空间来建造美丽的住宅、庭院和花园。各家的家长都能分得这样一块土地，并且这块土地可以自由转卖。城区的布局就如上所述，像一块棋盘那样。整个设计的精巧与美丽，非语言所能形容。"

　　金中都是北京历史上第一座"帝京规制"的国都，它的大城周长约为40里，而新建的元大都大城规划为城方60里，约为金中都大城的1.5倍。这样一座庞大的城市，上百万的人口聚集其中，所需的粮食和物资更为巨大。为了解决这个问题，元朝政府对隋朝的大运河进行了改造。他们重新开凿了济州河和会通河，让物资直接运入通州，经过这些改造，京杭大运河的雏形基本形成。

　　随着新通道的开通，粮食与物资源源不断运往通州。但粮食与物资到达通州后，却不能及时地运往大都，因为大都内没有水路，只能改为陆运，陆运时间长、路途远，且费用高得惊人，这导致通州的粮食和物资堆积如山。怎么办？

　　这时，水利学家郭守敬向元世祖建议恢复金朝所开辟的漕渠。元

世祖当场表示同意。于是元至元二十八年（1291年）郭守敬奉诏兴修水利。他先疏浚了通州至金中都北漕河之故道，后引昌平龙山下的白浮泉，西折南转，将西山诸泉入大都西水关，经积水潭，从东南流出文明门（今崇文门），再一路向东至通州高丽庄白河（今北运河）。这条新运河长164里104步，为了控制水量郭守敬还在运河沿岸设置了11组闸坝共24座，从元至元二十九年（1292年）春兴工，到至元三十年（1293年）秋天竣工，耗时仅一年多。至此江南漕船及货船，可沿江南河、过扬州河、济州河、会通河、御河、白河、新开凿的运河，扬帆1700余千米，直抵大都积水潭。新运河开通后，元世祖忽必烈自上都回元大都，经过积水潭时，见"舳舻蔽水"之盛况，赐新开通的运河为"通惠河"。

通惠河的成功开凿，加强了南北方的经济交流，商业的迅速发展使元大都一举成为世界级的大都市。据《北京与大运河》一书记载，在海运、河运昌盛时期，大都人口增长达百万。每年通过南北运河运到大都的粮食猛增。元至治元年（1321年），曾高达一百八十九万石。通州成为水运、陆路运输的交会点，粮食、物资的集散地。漕河的两岸林立着规模不等的十三座粮仓，它们分别是富有仓、乐岁仓、乃积仓、延丰仓、乃秭仓、广储仓、盈止仓、有年仓、庆丰仓、及衍仓、富储仓、富衍仓、足食仓。除了粮米充盈外，河运还带动了手工业、商业的迅速发展，通惠河的终点积水潭，也成为大都最繁华最大的商业区之一，酒楼商铺林立、勾栏瓦肆鳞次栉比，歌舞杂耍引人驻足。

张家湾，大运河第一码头

明初，明太祖朱元璋建都南京。元大都降为北平府，这座曾经光彩夺目的城市，随之黯然失色起来，不少百姓都迁往了新都南京或北上。作为城内重要水系之一的通惠河，也因长期缺乏疏浚管理而导致淤废。

明建文四年（1402年）朱棣夺取政权，明永乐元年（1403年）将北平改为北京，明永乐十八年（1420年）迁都北京。在修建北京城时，新城的南墙将一段通惠河圈入城内，积水潭的一部分潭水也纳入皇城之内成为皇家水系，而通惠河最主要的水源之一的白浮泉，也因"有伤皇家风水地脉"被完全废弃，从此漕运船只能停在城外。为了保证修城物资及军民口粮顺利运京，必须要大规模地整修大运河。因为此时，台风、洋流等自然因素难以预测，不得不让明朝放弃元朝留下来的海运路线，转而重新考虑利用运河来运输物资。明永乐十三年（1415年），明朝政府罢废海运。与此同时，大运河经过整修与扩建，也全线贯通，北起通州，南到杭州，形成了今天所看到的"京杭大运河"。

明代，政府大力发展通州以南的运河河道，通州以南的张家湾成为最重要的码头。张家湾有着"大运河第一码头"之称，北运河、凉水河、萧太后河、玉带河都汇集于此。张家湾古称长店，元朝时海盗张瑄被朝廷招安后负责试行海运，张瑄指挥着粮船由天津驶入白河，逆流而上停在浅湾长店地区，长店就成了各种货物的集散地及转运

247

站，不久这里就发展成为一个热闹繁华的商业区。元世祖忽必烈特封张瑄为万户侯，将长店命名为张家湾。早在辽代，张家湾就已经是萧太后河上的重要码头，萧太后河也是通州区境内一条古老运河，虽然史书上没有明确的记载，但它却真实地存在过，即使在现在，通州地区仍流传着它的故事。相传有一次萧太后率兵征讨北宋时，路过北京的东南部，由于长期没有饮水，将士们都口渴难忍，恰巧周边又没有水源，只见萧太后挥鞭一打，大家的面前就出现了一条清澈甘甜的小河，为了感念萧太后为众人解渴的恩德，于是大家就将这条小河命名为萧太后河。其实这条河流是辽朝为了给陪都南京（今北京）运送物资而开凿的运河，它是由北塘口（今天津市宁河县境内），过武清、香河，由通州张家湾再到辽南京城。这条直抵辽南京城的运河路，据说要比元代的通惠河还早三百多年哩！而到了明代，张家湾更是"南北水陆要会也。自潞河南至长店四十里，官船客舫，漕运舟航，并集于此"。除了商贾云集、酒楼旅商林立，张家湾周围还建有皇木厂、木瓜厂、铜厂、砖厂、花板石厂，以及众多粮仓。

而到了明嘉靖四十三年（1564年），嘉靖皇帝更是下令建造张家湾城，这座城池："（城）周九百五丈有馀，厚一丈一尺，高视厚加一丈，内外皆砌以砖。东南滨潞河，阻水为险，西北环以壕。为门四，名冠以楼，又为便门一、水关三，而城制悉备。中建屋若干楹，遇警则以贮运舟之粟，且以为避兵之所舍。设守备一员，督军五百守之。"为什么这座张家湾城要建得如此固若金汤呢？

原来自从土木堡之变后，明朝国力转衰，蒙古骑兵曾多次南下袭扰百姓，明嘉靖二十九年（1550年），鞑靼部俺答汗率兵突破古北口，直逼北京城。他们先到密云、顺义大肆抢掠，其后又转向通州、张家湾准备抢粮，虽然最后没能得逞，但震惊朝野，这就是历史上有名的"庚戌之变"。此后，蒙古诸部也多次兵临北京城下，顺天府府尹刘畿向朝廷进言，要在存放半个国家储备粮的张家湾地区建造一座城池，这样既可以保卫京师又可以保护漕粮。嘉靖皇帝看到奏章后，立刻指派顺天府丞郭汝霖和通判欧阳昱来负责建城。

在明初，由于通惠河淤断，所有的货物都要由张家湾、通州陆路运送到北京城内，明政府不断修筑从北京到通州的路，尤其在汛期的时候，河水经常决堤，把通往北京的路冲坏，明朝政府不得不反复修护，不仅增加了费用而且还增加了民夫陆运的困难。明弘治五年（1492年）刑部都给事中赵竑上奏，提议恢复通惠河，但疏通通惠河花费巨大，且有豪强大户从中阻碍，一直未能疏通运河。直到嘉靖七年（1528年），在御史吴仲的主持下，通惠河再次顺城而入，由通州直达东便门外的大通桥下，因此，明代又称通惠河为大通河。

清代，国家的兴亡与漕运的兴衰

当时间走到明崇祯十七年（1644年）的时候，清朝定鼎北京。虽然改朝换代，但漕运依如明制，运粮的漕船在京杭大运河上南来北往。据《漕运全书》记载，清初各省原额漕船共一万零一百二十九只，与明朝时的数量基本相等。在清雍正四年（1726年）时，各省额定漕船只剩七千九百八十只，随着时间的流逝，漕船的数量越来

少，到清朝后期，全国计有漕船一百一十八帮，船只六千二百八十三只，这也说明了漕运兴衰与国家的兴亡强弱息息相关。

通惠河与北运河在清朝依然是漕粮运往北京城的重要河道，南来的漕粮由张家湾入通州粮仓。进入京城粮仓的漕粮则由通惠河进入京城东便门外的大通桥下。康、乾两朝，通惠河水量充足，运输能力大大提升，康熙皇帝曾允许民船往来于河上。在巡视通惠河时康熙皇帝还特意写诗一首："千樯争溯白苹风，飞挽东南泽国同。已见灵长资水德，也应辛苦念田功。"

由于通惠河的河道较窄，中间又加筑了诸闸，如果不经常疏浚，河道就会淤塞，随着清政府的衰微，政府已无多余的财力和国力去疏浚运河，漕运也走向末路。咸丰年间，仅通州地区就出现了大量曾依靠漕运度日的失业贫民，为了避免他们寻衅滋事，政府便招募他们为乡勇。清朝末年，内忧外患，政府更无暇顾及疏浚管理河道之事。在清光绪二十六年（1900年），海运的漕粮由天津通过铁路直达北京，由此通惠河完成了自元代以来，由通州运粮入京的历史任务。如今的通惠河虽然不能再连通京杭大运河，但作为京城主要的排水河道它仍发挥着重要的作用。北运河也随着通惠河的枯竭而慢慢淡出了人们的视野。

再创辉煌

北运河虽然退出了历史舞台，但在通州依然是一条重要的河道，百姓的生活仍要依靠这条运河。运河之子刘绍棠就以这条河为背景，创作出许多好作品，如《运河的桨声》《瓜棚柳巷》《蒲柳人家》《豆棚瓜架雨如丝》等。2004年，通州运河公园开放，公园北起北运河源水岛南端，南至六环路，西起滨河西路，东至北运河防洪堤。2010年又开放了大运河森林公园，它北起六环路潞阳桥、南至武窑桥，河道全长约8.6千米，这两个公园都是沿着北运河河道修建的。由运河公园可以走到大运河森林公园，在这里可以看到皇家码头、燃灯佛舍利佛塔、验粮楼、漕运码头、皇木厂等一批文物古迹。柳荫龙舟、二水会流、万舟骈集、古塔凌云这些列入"通州八景"的景色，曾都是北运河沿岸的美景，这些美景有的虽然已经永远地消逝了，但在公园内又重新建造了桃柳映岸、榆桥春色、茶棚话夕、皇木古渡、长虹花雨、月岛画境等18个新景点。

漫步在运河沿岸，看着悠悠河水，不禁想到北运河的"前尘往事"，它曾是北京的生命之河，虽然后来一度衰败，但在政府的好政策下又恢复了青春。如今的北运河，碧波荡漾，风景如画，虽然再也看不到舳舻千里的盛景，但两座沿河而建的公园，却给人们提供了一个凭吊历史、休闲、娱乐、健身的好去处。

2012年，北京市政府首次提出要将通州区打造成北京城市的副中心，经过这几年的规划与建设，通州区变得越来越现代，越来越富有活力，这条流经通州区的古老运河将与通州区一起再次焕发出勃勃的生机。

北运河（三）

悠悠运河情，璀璨文化路

在中国这片广袤大地上，有一条贯穿南北的运河——京杭大运河。它全长约一千七百九十七千米，途经北京、天津、河北、山东、安徽、河南、江苏、浙江八个省级行政区，沟通了海河、黄河、淮河、长江、钱塘江五大水系，是世界上工程最大、里程最长的古代运河，也是最古老的人工运河之一。它的长度是苏伊士运河的九倍，巴拿马运河的二十二倍。京杭大运河不仅是中国人民的骄傲，也震惊了历史上那些来华的外国人，他们将大运河的壮观与繁华都记载下来。意大利著名的旅行家马可·波罗在书中是这样描绘大运河非凡的运输力："（济宁）城的南端有一条很深的大河经过，居民将它分成两个支流，一支向东流，流经契丹省，一支向西流，经过蛮子省。河中航行的船舶，数量之多，几乎令人不敢相信。这条河正好供两个省区航运，河中的船舶往来如织，仅看这些运载着价值连城的商品的船舶的吨位与数量，就会令人惊讶不已。"除了马可·波罗外，罗马天主教圣方济各会修士鄂多立克、朝鲜人崔溥、日本人策彦周良、意大利耶稣会传教士利玛窦、法国传教士李明、英国外交官居约翰·巴罗等也都曾在书中描写过中国大运河的壮丽景象。

葡萄牙耶稣会传教士曾德昭（Alvaro Semodo），曾于1613年和1620年两次来到中国，他在杭州、嘉定、上海、南京等多地传教，二十二年的传教生活，让他对中国有了很深入的了解，在他回到欧洲后撰写了一部有关中国见闻的书《大中国志》，其中就记载了他对大运河的赞扬："中国人说，过去这里是汪洋一片，只是通过辛勤的劳动才将部分水引入大海，将其余的水流给人们四处开凿的众多的运河……一些很少受到物理及水平测量原理教育的人，竟然能将如此伟大的工程完成得尽善尽美，真是让人难以相信。运河常是笔直的，布局有序，为了休养运河，人民开辟了与河流相连的通道，以及洪水时溢洪的出口，中国人的机智灵巧至少起了很大的作用，这是毋庸置疑的。"

这条奔腾不息的大运河在历史上不仅发挥了运送漕粮与物资的作用，在国家统一、民族认同、经济发展及南北文化融合上也起到了至关重要的作用。

首先是京杭大运河把南方的精英人才一一输送到北京。明代的八十九名状元中，一大半来自南方省份前四名全是南方人：浙江二十名，江西十八名，江苏十五名，福建十一名。如：曾棨，江西永丰人，官至礼部左侍郎，曾出任《永乐大典》的编纂；商辂，浙江淳安人，是中国历史上少有的连中三元的状元之一，他官至内阁首辅；申时行，苏州人，官至宰辅。清代一百一十四名状元之中，江苏有四十九人，浙江二十人，仅江浙两省就占状元总人数的百分之六十多。像徐元文，江苏昆山人，与其兄徐乾学、徐秉义同为进士，在当时传为美谈，号称"昆山三徐"；于敏中，江苏金坛人，《四库全书》的正总裁；翁同龢，江苏常熟人，清末著名的政治家，是同治、光绪两朝的帝师；陆润庠，苏州人，书法大家；张謇，江苏海门人，主张实业救国，一生创办了二十多个企业，三百七十多所学校，人称

255

"状元实业家"。除了这些状元外，还有许多名臣志士也是通过大运河来到北京的。如力挽明朝江山的大忠臣于谦，浙江钱塘人；大政治家张居正，湖北江陵人；清官海瑞，海南人。清代的名臣中，张英、张廷玉父子是安徽桐城人；清末四大名臣，曾国藩、胡林翼、左宗棠、李鸿章，分别来自湖南、湖北和安徽。还有一些文化名人，虽然不是名臣，官做得也不大，如明代的汤显祖，清代的孔尚任、洪升、顾炎武，他们也应该是由南方乘船而来，并在京师做了很多可歌可泣的事情。甚至还有一些经商的，像同仁堂的股东乐尊育的祖上，是明末浙江宁波的一位摇铃医生来到北京的，还有王致和，安徽仙源县举人来京科考不中，最后创造出臭豆腐、酱豆腐的儒商……他们大概也是乘船而来的吧。

除了人才，还有一个重要的文化艺术形式也是随着大运河"漂"来的，那就是戏剧。

明代嘉靖年间，江苏昆山的音乐家魏良辅在昆山腔的基础上，吸收了弋阳、海盐、余姚甚至北曲诸腔的优长，创造出了细腻委婉、清丽典雅的新腔，人们称为"水磨腔"。这就是以后风靡大江南北的昆曲！不久昆山望族梁辰鱼为这种腔调量身定做了一个剧本《浣纱记》，并在苏州一带演出，在当地引起极大轰动，随后人们到处传唱这种新曲。

不久，明万历年间这种称为昆曲的剧种，由大运河平江（苏州段）乘船进入京师演唱。当时在北京演唱最红的当数陈园园，在坊间更在一些王公贵胄府中演出，后来进入宫中演出。到了清代，昆曲更加受到皇家的喜爱，常常在宫中为帝、后演出。"上有所好，下必甚焉。"

　　清代帝王中，早期是康熙皇帝酷爱昆曲。但他感到昆腔偏文，缺少锣鼓喧天的武戏。恰恰明末清初弋阳腔自江西鄱阳县进入长江到镇江，再由镇江沿大运河来到京师。这个剧种没有管弦乐伴奏，完全以鼓击锣敲作为伴奏，剧目也多以武戏为主，正好与昆曲一文一武相辅相成。于是清宫便以昆弋为主要剧种。而其他地方剧种，则一律不得进入宫廷演出。到了康熙中期，北京前后出现两个惊天动地的剧目，都是由当时在京居官的京官创造的。一个是孔尚任创造的传奇《桃花扇》，另一个是由洪升创造的《长生殿》。由于这两个剧本都是世界级的鸿篇巨制，一经演出便在京师引起轰动效应！但因涉及明朝和帝王家的诸多劣行，皇帝不喜欢，找个理由把这两个作者都逐出了京城。

　　到了清乾隆年间的晚期，昆弋已经衰落。这时，秦腔又来到京师。发源于陕西的秦腔，经过陕西安康的白河流入长江，再从长江转入京杭大运河。当时最著名的秦腔艺人是四川籍的秦腔名角魏长生，他饰演的是花旦、泼辣旦，剧目多是民间生活小戏，引得看腻了高雅缓慢唱腔的昆弋腔大戏的京师老百姓，对秦腔趋之若鹜。当然魏长生也演出了一些低俗不堪的"粉戏"。清廷抓住了这一点，为了保护昆弋的权威，将演秦腔的魏长生赶出京。然而，野火烧不尽，数年后魏长生再度进京演出，留下了秦腔的火种。

　　清乾隆五十五年（1790年），为了庆祝乾隆皇帝八十大寿，闽浙总督伍拉纳命扬州的盐商把在扬州演唱并取得全国美誉的三庆徽班请到京城来，为乾隆皇帝祝寿演出。这一演出不但赢得了皇帝的喜欢，

还得到京城百姓的热烈欢迎，于是三庆徽班便不再返回扬州而留在了京师，为北京的士农工商演出。演出的地点就在今前门外大街大栅栏胡同内的三庆茶园、庆乐茶园、庆和茶园等老戏园子内。几年后，在扬州一带演出的另两个徽班：四喜班、春台班也由大运河乘船来到北京，演出了诸多接地气的平民戏剧，这就是三大徽班由南方进入北京的一段历史。有人说，不是四大徽班进北京吗？这是不准确的。另一大徽班和春班，是庄王府创立的王府班。不过王府请来的是徽班的老艺人做教员，在京郊附近招收了一些子弟学习演出徽剧，主要是徽剧中的武戏。稍后，在清嘉庆年间，汉江水患，在武汉演出的一批优秀汉剧演员通过大运河来到京师谋生演出，他们没有自组剧团，而是分头参加到在京师站住脚的徽班中。经过一二十年的磨合，于是出现了徽汉合流，也即是此时的徽班，主要以徽剧的"二黄"腔和汉剧的"西皮"腔为主要音乐。

几十年以后，大约在清道光二十年（1840年），四大徽班的徽汉两调经过吸纳昆弋和秦腔等剧种的精华，再有个"京化"过程，逐渐发生质变，而产生了一个新剧种，这就是"国粹"京剧的诞生。在第一代的奠基演员，有所谓"同光十三绝"之称。这十三个杰出的艺术家，除其中的刘赶三、张胜奎是两个北方籍的伶人，其余十一人，分别来自安徽的安庆一带，江苏的苏州、扬州，湖北武汉等地。显然他们都是从大运河"漂"来的。而其中苏州籍的梅巧玲，武汉江夏的谭鑫培，都是与京剧的存在建立与发展举足轻重的人物。谭鑫培被称为"伶界大王"，至今，谭门七代，享誉梨园，为世界之最。而梅巧玲的孙子梅兰芳和重孙梅葆玖，不仅是京剧界旦角的翘楚，而且成为世界级的艺术家。

京剧不仅在北京站住了脚，而且在沿运河的那些城市，如天津、南京、武汉、徐州、苏州、无锡、上海等城市中都成为传播京剧事业的重镇。在京剧向南传播时，直隶的河北梆子、唐山的落子（评剧）等剧种也通过海河，由天津传入了北京。

那么，如果没有这条大运河，这些剧种，这些戏班会不会走陆路来到京城呢？也许会有，但会增加很大的困难。因为一个戏班的迁徙、巡演要带很多东西，如众多的戏箱，戏箱内要装众多的"行头"，还有装台的桌、椅、板凳，舞台上的"守旧""大帐"等，众多装置，还有文武场面（乐器）、刀枪把子等物件。一个戏班，至少要四五十个人，这么多人，这么多东西，如果走陆路，仅靠驴、骡驮运是非常艰难的，可是放在船上走水路就容易多了。所以这条大运河，对文化的传播、交流做出了巨大的贡献！

图书在版编目（CIP）数据

市井·坊间拾遗 / 张田著. — 北京 ： 北京美术摄
影出版社，2019.2
（京腔京韵话北京）
ISBN 978-7-5592-0238-3

Ⅰ. ①市… Ⅱ. ①张… Ⅲ. ①民间故事—作品集—北
京 Ⅳ. ①I277.3

中国版本图书馆CIP数据核字（2018）第295200号

总 策 划：李清霞
责任编辑：赵　宁
执行编辑：班克武
责任印制：彭军芳
装帧设计：金　山

京腔京韵话北京

市井·坊间拾遗
SHIJING·FANGJIAN SHIYI

张　田　著

出　　版　北京出版集团公司
　　　　　北京美术摄影出版社
地　　址　北京北三环中路6号
邮　　编　100120
网　　址　www.bph.com.cn
总 发 行　北京出版集团公司
发　　行　京版北美（北京）文化艺术传媒有限公司
经　　销　新华书店
印　　刷　天津联城印刷有限公司
版印次　2019年2月第1版第1次印刷
开　　本　787毫米×1092毫米　1/16
印　　张　16.75
字　　数　185千字
书　　号　ISBN 978-7-5592-0238-3
定　　价　88.00元
如有印装质量问题，由本社负责调换
质量监督电话　010-58572393